최저 라이프

최저 라이프

라유경
소설집

청색종이

차례

최저 라이프

라유경 소설집

007　최저 라이프
037　우연히 첼시 호텔

077　평론 | 이성혁(문학평론가)
101　작가의 말

최저 라이프

술 취한 중년 남자가 운전기사의 정수리를 툭툭 쳤다. 운전기사가 짜증 내며 한쪽 팔을 들어 저항했다. 잠시 버스가 중심을 잃고 흔들렸다. 승객들이 두려움에 사로잡혀 남자를 쳐다보았다.

- 어이, 기사 양반! 몇 살이야? 몇 살인데 이렇게 늦게 와? 한겨울 영하 날씨에. 내가 어떤 사람인 줄 알아? 예전에는 대치동에 살았다고. 전용 운전기사가 있었던 사람이야, 나!

남자의 말에 사람들은 서로 눈치만 봤다. 잠시 후 누군가 한마디 내뱉었다.

- 이봐요, 운전기사가 무슨 잘못입니까? 항의하려면

버스 회사에 전화하세요.

이어서 또 다른 사람이 외쳤다.

- 조용히 갑시다. 광택 가서 얘기하십쇼.

맨 앞자리에 앉은 승객 한 명이 술 취한 남자에게 쏘아붙였다.

- 아저씨, 내리세요.

- 뭐? 내리라고? 달리는 버스에서? 지금 나보고 죽으라는 얘긴가?

- 제 안전과 운전기사의 안전을 생각해서 하는 말입니다.

술 취한 남자는 갑자기 술기운이 떨어졌는지 눈을 깜박이면서 버스 안을 훑어보았다. 그러고는 딸꾹질을 크게 한 뒤 침묵했다. 순식간에 버스 안이 정적으로 휩싸였다. 남자는 머쓱한 표정으로 비틀거리며 두 번째 줄 통로 쪽 빈자리에 앉았다.

맨 뒷자리에 앉은 서엽은 그 광경을 흥미롭게 지켜보았다. 곧이어 누군가의 코 고는 소리가 들렸다. 자세히 들어 보니 소란을 피우던 중년 남자가 내는 소리였다. 버스는 톨게이트를 지나 고속도로에 진입했다. 운전기사가 크게 외쳤다.

- 모두 안전벨트 매 주세요!

서엽은 중년 남자의 코 고는 소리를 들으며 안전벨트를 맸다.

서엽은 한 달 전에 경기도 광택시로 이사 왔다. 이곳에 이사 오기 전까지 단 한 번도 '광택'이라는 지명을 들어 본 적이 없었다. 초·중·고등학교와 대학교, 직장까지 줄곧 서울에서 다녔다. 그런 그가 광택시로 이사 오게 된 이유는 결혼 때문이었다.

회사 입사 동기로 만난 여자 친구와 삼 년 연애 끝에 결혼을 준비했다. 결혼 과정은 순탄했지만 가장 큰 문제는 집이었다. 직장 근처 아파트의 매매, 전셋값은 대출 한도를 감당하기 힘들 정도로 비쌌다. 빌라와 오피스텔까지 알아보았지만 마땅한 곳이 없었다. 주말마다 온갖 다양한 집들을 둘러본 여자 친구는 신혼은 아파트에서 시작하고 싶다며 고집했다. 나중에 친구들이나 친척들을 초대해야 할 텐데 되도록 근사한 곳에서 맞이하고 싶다는 이유에서였다.

결국 둘은 서울을 포기하고 경기도 도시들을 알아보았다. 출퇴근 거리가 멀어지는 건 감수하기로 했다. 신혼부부가 살기 좋다는 신도시 위주로 알아본 둘은 그중 광택시의 아파트를 선택해 계약했다. 방 3개, 발코니가 확장된 34평 신축 아파트. 둘이 살기에 넉넉했고, 주변에 편의 시설과 공원이 조성되어 있었다. 또 공인중개사 말로는 서울행 버스가 십오 분 배차 간격으로 다니는데 편도 삼십 분밖에 걸리지 않는다고 했다. 서엽과 여자 친구는 고개를 끄덕이며 흡족한 미소를 지었다. 여러모로 현명한 선택이라고 생각했다.

그러나 이 생각은 첫 출근 날 무참히 깨졌다. 광역버스를 타고 출퇴근하는 일이 생각보다 힘들다는 걸 깨달았다. 이사 간 동네에서 서울로 출근하려면 유일한 노선인

M5409 버스를 타야 했다. 집 주변에 지하철역이 없었고, 택시는 편도 5만 원 넘는 비용이 나와 엄두조차 낼 수 없었다. 그래서인지 이 도시에 사는 대부분의 직장인들이 버스를 타기 위해 새벽부터 줄을 섰다. 입석이 금지된 좌석버스라 줄이 끝없이 불어났다. 종점에서 타지 않으면 만석인 버스를 여러 대 눈앞에서 보내야 했다. 이 사실을 깨달은 서엽과 아내는 아침마다 택시를 타고 옆 동네 종점까지 가서 버스를 기다렸다. 같이 줄을 선 사람들은 저마다 한숨을 내쉬며 추위 속에서 벌벌 떨었다.

사람들은 버스를 증차해 달라, 노선을 늘려 달라 등의 민원을 청와대 국민청원, 경기도 도로교통과, '대통운수' 버스 회사 등에 꾸준히 제기했지만 달라지는 것은 없었다.

전세 계약 만료일까지 이 년 정도 남아 있었다. 둘은 늘 피곤함에 짓눌려 지냈고, 주말에는 쉬느라 하루 종일 침대에 붙어 시간을 흘려보냈다.

철컥.

안전벨트가 제대로 채워진 걸 확인한 서엽은 옆자리에 앉은 사람을 힐끔 쳐다보았다. 만삭의 임산부였다. 적어도 한 시간은 의자에 꼼짝 못 하고 앉아 있어야 할 텐데. 팔다리를 움츠리고 앉아 있는 임산부가 매우 답답해 보였다. 서엽은 임산부가 버스를 타고 비좁은 통로를 지나 맨 끝줄 가장 안쪽 자리까지 걸어왔을 모습을 떠올려 보았다. 무거운 몸으로 이 자리까지 걸어왔을 시간을 짐작하자 자신의 몸도 무거워지는 것 같았다. 게다가 금요일 밤이라 한 시간 넘게 줄 서서 기다렸을 텐데……. 서엽은 임산부가 안쓰럽게 느껴지기까지 했다.

그리고 보니 서엽은 출퇴근 시간 광역버스를 탈 때마다 임산부나 노약자를 보지 못했다는 사실을 깨달았다. 버스의 주요 이용 승객은 젊은 사람들이었고, 신입 사원부터 부장급으로 보이는 연령대의 남자들이 대부분이었다. 서엽은 그리고 보니 광역버스에는 노약자석이나 임산부를 위한 좌석이 따로 마련되어 있지 않았다는 걸 알아챘다. 버스의 모든 좌석은 동일하게 불편했고, 좁았고, 삐걱거렸다.

서엽은 한숨을 푹 내쉬고는 스마트폰으로 뉴스 기사를 보면서 시간을 흘려보냈다. 포털 사이트 메인은 3기 신도시 건설에 대한 뉴스로 도배되어 있었다. 서엽은 신도시의 시옷만 들어도 치가 떨렸다. 그때 운전기사가 욕하는 소리가 들려왔다.

- 씨발.

그러더니 운전기사는 갑자기 급정거했다. 순간 승객들이 놀라 의자 등받이 위로 고개를 내밀었다.

- 갑자기 끼어들면 어쩌자는 거야?

운전기사도 많이 놀랐는지 연이어 신경질을 냈다.

승객들은 앞쪽을 한번 쓱 쳐다보고는 다시 눈을 감거나 스마트폰으로 시선을 옮겼다. 그중에서도 서엽은 운전기사의 뒤통수를 계속 쳐다보며 문득 생각했다.

'저 사람은 하루에 이 노선을 몇 바퀴나 돌까……'

서엽은 출근 시간마다 운전기사 셋을 번갈아 마주치곤

했다. 씩씩하게 인사해 주는 친절함이 몸에 밴 중년 여자, 무뚝뚝한 중년 남자, 이제 막 입사한 듯 의욕 넘치는 젊은 남자까지. 지금 이 버스의 운전기사는 처음 보는 얼굴이었다. 약간 험악해 보이는 인상이었다. 이마에 난 꿰맨 상처가 눈에 띄었다.

운전기사는 잠시 후 액셀을 밟아 속도를 더욱 높였다. 맨 뒷자리는 유난히 더 덜컹거리며 흔들렸다. 서엽은 옆에 앉은 임산부를 쳐다보았다. 어느새 잠이 들어 있었다. 마치 다시는 깨어나지 않을 것처럼 눈을 꼭 감고 있었다. 버스가 이대로 멈추지 않고 영원히 굴러간대도 모를 것 같은 모습이었다. 서엽은 임산부의 숨 쉬는 리듬에 맞춰 스르륵 잠에 빠져들었다.

서엽은 문득 잠에서 깼다. 얕은 꿈을 꾸고 있던 참이었다. 바닥이 붉은 피로 흥건한……. 동물의 피인지, 페인트인지, 사람의 피인지 알 수 없는 붉은 액체를 보며 서엽은 공포에 질렸다. 그때 누군가의 신음 소리가 들려 정신을 차리고 눈을 떴는데, 임산부가 식은땀을 흘리며 고통스러운 표정으로 낮은 비명을 지르고 있었다.

임산부는 밀려오는 통증으로 고통스러운지 두 손으로 서엽의 왼쪽 팔을 사정없이 움켜쥐었다. 그러고는 나지막이 내뱉었다.

- 살려 주세요.

서엽이 자신의 생명을 구해줄 안전벨트라도 되는 듯 서엽의 팔을 조이고 또 조였다. 서엽은 난감했다. 어떻게 대처해야 할지 몰라 우물쭈물했다. 임산부의 신음은 다른 승객들에게 닿지 않는 것일까. 사람들은 별다른 반응을 보이지 않았다. 모두 이어폰을 꽂고 스마트폰으로 영상을 보거나 잠에 취해 있었다.

고통 강도가 더 심해지는지, 임산부의 신음 소리가 점점 날카로운 비명으로 바뀌었다. 버스는 고속도로에서 멈추지 않은 채 계속해서 달렸다. 서엽은 시계를 봤다. 광택까지 가려면 삼십 분은 더 가야 했다. 아무래도 버스를 갓길에 세우고 구급차를 불러야 할 것 같았다.

- 괜찮으세요? 조금만 더 견뎌 보세요.

임산부를 안심시킨 후 서엽은 운전기사를 향해 크게 외쳤다.

- 아저씨! 여기 임산부가 진통을 느끼는 것 같아요! 긴급 상황인데, 버스 좀 세워 주시겠어요?

그러나 운전기사는 서엽의 말을 듣지 못했는지 아랑곳하지 않고 액셀을 밟았다. 그때였다. 임산부의 자리에서 피가 흘러 바닥으로 떨어졌다. 너무 놀란 나머지 서엽은 더 크게 소리쳤다.

- 멈춰요, 멈추라고요!

그제야 승객들이 반응을 보였다. 몇 명이 뒤를 돌아보았고, 서엽의 오른쪽에 앉은 사람이 눈을 크게 뜨며 임산부를 쳐다보았다. 사태의 심각성을 느낀 오른쪽 사람이 급히 119에 전화했다. 버스 안이 소란스러워졌다. 몇몇 사람들이 탄식하면서 웅성거렸다.

- 아유, 저걸 어떻게 해.

- 아저씨! 지금 구급차 불렀어요! 응급 상황이니 갓길

에 차를 세워 주세요!

오른쪽 남자의 말을 들은 운전기사가 그제야 상황을 파악했는지, 백미러를 보면서 천천히 차선 변경을 시도했다. 버스 전용 차선에서 달리던 운전기사는 속도를 살짝 늦추고는 브레이크를 천천히 밟으면서 오른쪽으로 핸들을 꺾었다.

- 조금만 더 참아 보세요. 조금만요.

서엽은 임산부를 달래며 구급차가 온 다음을 상상했다. 임산부 혼자 비좁은 통로를 지나는 건 무리일 것 같았다. 서엽이 일어나 임산부를 부축해야 할 상황이었다. 서엽은 당장 안전벨트를 풀었다.

딸각, 딸각.

그런데 이상했다. 잠겨 있는 버클의 버튼이 눌러지지 않았다.

딸각, 딸각.

고장 난 모양이었다. 여러 번 반복해서 버튼을 눌렀지만 버클에 깊숙이 박힌 클립은 도무지 빠져나올 기미가 보이지 않았다. 임산부가 고통스러운 표정으로 서엽의 머리카락을 쥐어 잡기 시작했다.

- 아, 아악! 아아악! 그만하세요!

서엽은 버클을 더 풀어 볼 겨를조차 없이 임산부에게 붙잡혀 옴짝달싹하지 못했다. 자리에 앉은 승객들이 심란한 표정으로 맨 뒷좌석의 서엽과 임산부를 번갈아 쳐다보았다. 그때 마침 버스가 갓길에 정차했고, 구급차 사이렌 소리가 들렸다.

잠시 후 구급차가 버스 뒤로 정차했다. 구급차에서 구급 대원 두 명이 내려 버스 앞문으로 올라왔다. 그중 한 명이 재빨리 통로로 뛰어와 임산부의 상태를 보았다. 그리고 서엽을 보면서 외쳤다.

- 잠시만 일어나서 비켜 주세요!

그 말에 서엽의 오른쪽에 앉은 사람은 안전벨트를 풀고 살짝 몸을 일으켰다. 서엽도 버클 버튼을 계속해서 눌렀다.

- 죄송한데 안전벨트가 고장 나서요. 풀어지지 않거

든요.

 구급 대원은 서엽의 말을 듣더니 황당한 표정으로 빤히 쳐다보았다. 그러고는 서엽의 윗몸을 의자 등받이 다루듯 옆으로 휙 젖히더니 임산부의 겨드랑이에 손을 넣고 부축해 일으켰다.

 임산부가 몸의 중심을 잡고 통로로 내려가려는데, 서엽의 몸에 걸려 잘 움직이지 못했다. 구급대원이 서엽을 한심한 표정으로 쳐다보고는 임산부를 간신히 부축하며 통로로 이끌었다. 버스에 앉은 승객들이 모두 서엽을 쳐다보았다. 서엽은 억울했다. 자신의 편의만 생각하는 이기주의자라고 비난받는 기분이었다.

 통로에서 대기하던 구급 대원 한 명이 힘을 합쳐 임산부를 부축했다. 임산부가 지나간 길에는 핏물이 떨어져 있었다. 임산부는 신음 소리를 내며 통로를 간신히 걸어갔다.

 마침내 임산부와 구급 대원들이 버스에서 내렸다. 잠시 후 구급차가 사이렌 소리를 울리며 멀어져 갔다.

이 모든 상황을 자리에 앉은 채 지켜보던 운전기사는 헛기침을 하고는 다시 액셀을 밟았다. 그러자 승객들이 하나둘 불만을 토로했다.

- 지금 벌써 몇 시예요? 미치겠네. 기사 양반, 좀 빨리 가 주세요.

- 내가 왜 저 임산부 때문에 집에 늦게 도착해야 하지? 안 그래도 오늘 버스도 한 시간이나 기다려서 짜증 나는구만.

- 도대체 이 시간은 누구한테 책임을 물어야 해요?

다들 임산부의 긴박한 상황을 보면서 안타까워하더니 곧바로 태도를 바꾸었다. 서엽은 그 말들이 좀처럼 귀에 들어오지 않았다. 풀리지 않는 안전벨트 때문에 온몸이 땀으로 뒤덮였다.

- 죄송한데, 제자리 안전벨트가 고장 났나 봐요. 안 풀리는데 도와주시겠어요?

주변 사람들에게 도움을 요청했지만 모두 별일 아니라는 듯 남자를 한번 쓱 쳐다보기만 할 뿐이었다.

- 거, 잘 해 봐요.

오른쪽에 앉은 남자만 유일하게 대꾸했으나, 무성의함이 묻어 있었다.

창밖으로 안녕리 표지판이 보였다. 광택에 거의 다 왔다는 표시였다. 온갖 힘을 짜내어 버클의 클립을 풀려고 하는데도 꿈쩍하지 않았다. 필사적으로 힘을 쓰다 보니 서엽의 손이 벌겋게 부었다. 어느새 버스는 광택으로 접어들었다.

서엽은 문득 결혼 전, 광택으로 신혼집을 보러 가는 길에 버스에서 나눴던 아내와의 대화 내용이 떠올랐다.

- 세상에 안녕리가 뭐야? 동네 이름이 안녕인가 봐.

- 왠지 느낌 좋은데.

평온함과 설렘을 만끽하던 때였다.

'그래, 아내가 있었지.'

서엽은 지금 자신을 도와줄 유일한 사람은 아내뿐이라고 생각했다. 땀에 전 손으로 스마트폰 버튼을 눌렀다. 아내에게 전화했지만 길게 신호음만 이어질 뿐이었다.

버스는 IC를 빠져나가 광택시로 진입했다. 환한 불이 블록처럼 쌓인 아파트들이 보였다. 서엽은 저 아파트 사이에 있을 자신의 집을 생각했다. 자유롭게 몸을 움직이고 편안히 침대에 몸을 뉘일 수 있는 아늑한 곳. 지금 이 순간, 그 집이 아주 간절히 그리웠다.

다음은 호반 베르디움입니다.

안내 방송이 들렸다. 곧 있으면 버스가 첫 번째 정류장에 도착할 터였다. 승객들이 저마다 잠에서 깨거나 스마트폰을 주머니에 넣고 내릴 준비를 했다. 여기저기서 안전벨트 푸는 소리가 들렸다.

운전기사는 천천히 브레이크를 밟았다. 버스가 첫 번째 정류장에 도착하자 승객들 중 삼 분의 일이 내렸다. 승객들이 내릴 때마다 버스 앞 유리창의 잔여석 표시 숫자가 줄어들었다.

더 내릴 승객이 없는 것을 확인한 운전기사는 다시 액셀을 밟았다. 조용한 버스 안에 안내 방송이 나직이 울려

퍼졌다.

다음은 래미안 자이입니다.

버스는 신호에 걸리지도 않고 쌩쌩 달렸다. 서엽은 창밖으로 보이는 아파트들을 바라보았다. 곧 있으면 자신이 내려야 할 정류장이 점점 다가오고 있었다.

다음은 푸르지오 써밋입니다.

드디어 서엽이 내릴 정류장이었다. 승객들이 내릴 채비를 했다. 서엽이 마지막으로 안전벨트의 버클 버튼을 있는 힘을 다해 눌렀다. 그러나 벨트는 여전히 풀어지지 않았다. 서엽은 크게 소리 질렀다.

- 여기요, 혹시 가위나 칼 있는 사람 있으면 빌려주세요! 벨트가 고장 나서 풀어지지 않아요!

남아 있는 승객은 다섯 명도 채 되지 않았다. 그 승객들은 서엽을 그저 힐끔 쳐다볼 뿐 도와주려 하지 않았다.

잠시 후 버스가 푸르지오 써밋 정류장에 정차했다. 앞문이 열리고 사람들 두 명이 내렸다.

다음은 힐스테이트 더퍼스트입니다.

최저 라이프 · 25

다음은 SK 뷰입니다.

종점이 다가오고 있었다. 종점에서 못 내리면 이 버스는 차고지까지 갈 터였다. 서엽은 초조한 마음에 낮게 탄식했다.

버스는 곧 종점 정류장에 정차했고, 서엽을 제외하고 남아 있는 승객 두 명 마저 내렸다.

서엽은 결국 내리지 못한 채 벨트만 부여잡고 끙끙댔다. 이대로 차고지로 가야 하는 걸까. 불안한 마음으로 다시 한 번 크게 외쳤다.

- 아저씨, 저 못 내렸어요! 벨트가 고장 났다니까요. 버스 좀 멈추고 와서 도와주세요!

운전기사는 위에 달린 중앙 거울로 버스 전체를 훑어보았다. 그러고는 아무 일 없다는 듯 액셀을 밟고 운전을 계속했다.

'나를 못 본 건가?'

서엽은 문득 공포감이 밀려왔다. 온몸에 한기가 느껴졌다. 운전기사가 잔여석 숫자판을 보면 자신의 존재를 모르지 않았을 텐데…….

 버스 앞 유리창의 숫자판을 봤다. 45. 이상했다. 44여야 맞았다. 그런데 잔여석 숫자판은 전체 좌석 수와 똑같았다. 서엽은 갑자기 현기증을 느꼈다.

 '…… 숫자판도 고장 난 건가?'

 버스는 예상과 달리 차고지로 가지 않았다. 신호를 받고 유턴했다. 회차하여 다시 강남역으로 가는 듯했다. 서엽은 스마트폰으로 시간을 확인했다. 새벽 한 시 이십오 분. 강남역에 도착하면 두 시가 넘을 터였다. 서엽은 버스가 다시 되돌아가는 걸 확인하고는 재빨리 아내에게 전화했다. 이번에는 신호음이 여러 번 울린 끝에 아내가 전화를 받았다.

 - 여보세요? 나 아직도 안 끝났어. 휴.

 - 여보, 나 지금 안전벨트가 고장 나서 버스에서 못 내리고 있어.

 - 응? 그게 무슨 말이야.

 - 벨트가 안 풀려. 눈앞에 집이 보이는데도 못 내렸다

니까.

 - 무슨 바보 같은 소리야. 안전벨트가 왜 고장 나.

 - 나도 몰라. 암튼 지금 강남역으로 다시 가고 있으니까 가위 챙겨서 버스 기다려 줘.

 - 가위? 그걸로 뭐 하려고?

 - 벨트 끊어야지. 참고로 나 맨 뒷자리에 앉아 있다.

 - 알았어. 일 거의 끝나 가니까 버스 알림 어플 보고 시간 맞춰서 나갈게.

 - 이 차가 막차야. 놓치면 안 되니까 꼭 시간 맞춰 나와. 꼭!

 - 응.

전화를 끊은 서엽은 잠시 멍하니 창밖을 바라보았다. 온통 아파트뿐이었다. 인도에 지나다니는 사람조차 보이지 않았다. 서엽은 다시 한 번 소리 질렀다.

 - 아저씨, 제 말 안 들리세요? 안전벨트가 고장 났다고요!

그러나 운전기사는 대꾸하지 않았다. 서엽은 운전기사

에게 자신의 존재를 알리는 것을 포기했다. 그저 빨리 강남역에 도착해 아내가 도와주기만을 기다렸다.

오늘만 지나면 당장 서울로 이사 갈 집을 알아보겠다고 마음먹었다. 이 모든 일이 서울을 벗어나면서 생긴 일 같았다. 서울에서 살았다면 고속버스 탈 일도 없었을 테고, 안전벨트를 맬 일도 없었을 터였다. 서엽은 다시는 안전벨트 따위 매지 않으리라 마음먹었다. 당장 이사 가서 의지대로 쥐었다 뗄 수 있는 지하철의 손잡이를 잡겠다고 다짐했다. 아니면 자동차를 구입해 마음대로 핸들을 돌리겠다고 생각했다.

잠시 멍하니 버스 안을 둘러보았다. 임산부가 흘리고 간 핏물이 사람들의 발에 짓이긴 채 흐릿한 흔적으로 남아 있었다. 서엽은 제발 의자에서 몸을 일으켜 통로를 걸어가고 싶었다. 자신도 저 핏물을 밟고 남은 흔적마저 없애고 싶었다.

마지막으로 다시 한 번 버클의 버튼을 눌렀다. 깊게 들어가야 할 버튼은 여전히 무언가에 걸린 듯 눌러지지 않았다. 자신의 의지대로 할 수 있는 건 지금 아무것도 없었다.

서엽은 시도하던 걸 멈추고 창밖을 멍하니 바라보았다. 어느새 강남역에 가까워져 있었다. 자신이 늘 동경하면서 바라보던 신축 아파트가 보였다. 화려한 디자인으로 고급스러운 외관을 뽐내는 아파트. 서엽은 그 아파트가 멀어질 때까지 하염없이 올려다보았다.

강남역입니다.

안내 방송이 나온 뒤 몇 분 후 버스가 천천히 미끄러지며 정류장에 정차했다. 버스 앞 유리창으로 광역버스를 기다리는 사람들의 긴 줄이 보였다. 금요일 밤 각종 회식과 약속이 끝난 사람들이 막차를 타기 위해 애타는 눈빛으로 버스를 기다리고 있었다.

버스가 정차하자 사람들이 한 명씩 버스에 올라타기 시작했다. 사람들의 입김이 버스 안을 가득 메웠다. 맨 뒤에 앉은 서엽은 앞문 계단으로 올라오는 사람들 한 명 한 명을 자세히 살펴보았다. 제발 아내의 얼굴이 나타나기를. 초조한 마음으로 남은 좌석이 점점 줄어드는 광경을 지켜보았다. 서엽은 자신의 옆자리에 아내를 앉히기 위해 바닥에 세워두었던 가방을 올려놓고 자리를 맡았다.

어느새 버스 안은 승객들로 가득 찼다. 아직도 서엽의 아내는 올라타지 않은 상황이었다. 서엽은 불안한 마음에 아내에게 전화했다. 하지만 신호음만 지속될 뿐 아내는 전화를 받지 않았다.

잔여석 숫자는 어느덧 10으로 줄어들었다. 사람들이 올라타 리더기에 버스카드를 찍을 때마다 숫자가 하나씩 줄어들었다.

5, 4, 3, 2……

젊은 사람들이 입김을 내뿜으며 빈자리를 찾아 앉았다. 잔여석 숫자는 여전히 고장 난 것처럼 서엽의 존재를 제외하고 계산됐다.

드디어 잔여석 숫자가 2가 되는 순간, 자리는 서엽의

오른쪽 한 자리밖에 남지 않았다. 그때 마침 줄의 맨 끝에 선 사람이 올라탔다. 운전기사는 더 승차할 사람이 없는 걸 확인하고는 지체하지 않고 바로 앞문을 닫았다.

마지막으로 올라탄 사람은 검은색 정장을 입은 젊은 여자였다. 서엽은 그 사람이 아내이기를 간절히 바랐다. 그러나 오늘 아내가 어떤 옷을 입고, 어떤 머리 모양을 하고 출근했는지 알지 못해 긴가민가했다. 여자의 옆모습만 살짝 보일 뿐이어서 서엽은 애가 탔다. 긴 머리카락을 뒤로 땋은 모양을 보니 아내 같기도 했다.

그 여자가 리더기에 버스 카드를 찍고 고개를 돌려 버스 전체를 훑는 순간, 드디어 여자의 얼굴이 보였다.

서엽은 무척 당황스러웠다.

아내가 아니었다.

여자는 통로를 걸어 맨 뒷좌석 서엽의 앞으로 다가왔다. 서엽은 멍한 표정으로 의자에 올려놓았던 가방을 치워 자신의 다리 앞에 놓았다. 여자가 자리에 앉자마자 운전기사는 액셀을 밟고 운전을 시작했다.

그때 서엽의 스마트폰 진동이 울렸다. 아내의 전화였다.

- 미안해. 버스 놓쳐 버렸어. 하필 횡단보도 신호에 걸려서……. 어떡하지? 나 오늘 집에 못 가겠는데. 또 찜질방에서 자야 하나.

서엽은 대꾸하지 않은 채 전화를 끊어 버렸다. 그리고는 다시 침착하게 안전벨트 버클 버튼을 눌러 보았다.

딸각. 딸각.

클립이 여전히 빠지지 않았다.

서엽은 이대로는 안 된다고 느꼈다. 또다시 고속도로를 타고 광택에 진입하게 되면, 아까와 같은 일이 반복될 터였다. 어쩌면 운전기사와 함께 차고지까지 가야 할 수도 있었다.

호흡을 가다듬고는 최대한 큰 목소리로 외쳤다.

- 이봐요! 제자리 안전벨트가 고장 났어요. 아까 강남역에서 탔는데 집에 내리지도 못하고 다시 강남역으로 왔다고요. 저 좀 도와주세요!

버스 안의 승객들이 일제히 고개를 돌려 맨 뒷좌석의

서엽을 쳐다봤다. 서엽은 이때다 하고 더 크게 외쳤다.

- 혹시 칼이나 가위 있으시면 빌려주시겠어요?

서엽의 말이 끝나자 갑자기 승객들 모두 공포에 가득 찬 눈빛으로 서엽을 쳐다봤다. 꼭 밀폐된 버스 안의 테러범을 마주한 것처럼 서엽에게 경멸적인 눈빛을 보냈다. 운전기사는 여전히 대꾸하지 않은 채 운전에만 집중했다.

- 제발요! 저 지금 죽을 것 같다고요. 안전벨트가 조여서 숨쉬기도 힘들어요!

그때 옆에 앉은 여자가 서엽을 말리기 시작했다.

- 아저씨. 지금 많이 졸리시죠? 얼른 주무세요. 광택 가서 얘기해도 늦지 않아요.

서엽은 갑자기 분노가 치밀어 올랐다.

- 안전벨트가 내 몸을 조인다니까! 밧줄처럼 나를 감고 있다고! 이 망할 놈의 버스 때문에!

여전히 승객들이 두려운 눈빛으로 서엽을 쳐다보았다. 앞쪽에 있는 어느 승객이 크게 외쳤다.

- 이봐요, 아저씨. 조용히 좀 합시다. 운전기사 양반이

무슨 잘못입니까? 우리 안전도 생각해야죠.

그때 갑자기 트럭이 끼어들었고, 운전기사가 브레이크를 세게 밟으며 급정거했다.

- 아이 씨, 저 새끼 뭐야!

일순간 버스 안이 조용해졌다. 승객들은 이상한 눈빛으로 힐끔힐끔 서엽을 쳐다보고는 다시 고개를 돌려 잠을 청하거나 스마트폰을 봤다.

절망에 사로잡힌 서엽은 순간 벨트 풀려는 의욕이 사라졌다. 그리고 등받이 위로 봉긋 솟아오른 머리통들만 눈에 들어왔다. 서엽이 그 모습을 멍하니 바라보는데, 머리통들이 문득 무덤처럼 보이기 시작했다. 그런데 그 순간 갑자기 믿을 수 없는 광경이 눈앞에 펼쳐졌다.

머리통들이 사람들 몸에서 분리되어 통로로 굴러 왔다. 통로 바닥에 남은 핏자국을 흔적 없이 지워가면서. 통로 바닥을 굴러 서엽 쪽으로 저절로 이끌려 왔다.

서엽은 자리에서 벌떡 일어나려 했다. 하지만 몸을 움찔할 때마다 안전벨트가 배와 허벅지를 더욱 세게 조여

왔다. 서엽의 이마에 흘러내린 땀방울이 눈으로 스며들었다.

그때 안내 방송이 나지막이 흘러나왔다.

- 고속도로에 진입합니다. 전 승객 모두 안전벨트를 매주세요.

서엽은 흘러내리는 땀을 닦지도 않은 채 자리에 꼼짝 않고 앉아 있었다. 머리 없는 승객들이 저마다 안전벨트를 매는 소리가 들렸다.

철컥. 철컥.

우연히 첼시 호텔

오랜만에 만난 민수는 자리를 맡겠다며 빈자리에 앉았다. 나도 따라 의자에 가방을 놓고 민수를 한 번 쳐다보았다. 민수는 스마트폰에만 시선을 고정시켰다. 나는 입술을 삐죽이며 주문대로 갔다. 미숙한 영어 실력으로 더듬더듬 커피를 시켰고, 내 카드로 결제했다. 이름을 물어보는 직원의 질문에 선뜻 대답하지 못하고 멍하니 눈만 마주쳤다. 그리고 머릿속으로 되뇌었다. '지금 여기서 뭘 하고 있는 거지'라고. 내가 이곳에 온 이유는 민수를 만나기 위해서도, 민수에게 커피를 사 주기 위해서도 아니었는데.

뉴욕에 오게 될 줄 몰랐다. 여행 갈 때 미국보다는 유럽을 선호했고, 특히 뉴욕은 물가가 비싸 마음껏 먹고 즐기기 어려운 도시라는 선입견이 있었다. 그럼에도 이곳에 오게 된 이유는 미오를 우연히 만날 수 있지 않을까 하는 기대에서였다.

삼십 년 지기 소울메이트 미오. 어느 순간 문득 연락이 끊겼다. 일방적으로 관계를 끊은 쪽은 미오였다. 우리 사이에 균열이 전혀 없었던 건 아니었다. 각자 하는 일이 바빠 소원해졌고, 연락이 뜸해지긴 했다. 그러나 완전히 멀어질 거라고는 생각하지 못했다. 늘 먼저 연락해 오던 쪽은 미오였기 때문에 그저 기다리기만 하면 우리 관계는 언제나 그랬듯 끈끈하다고 믿었다. 그런데 어느 순간 미오가 나에게 연락하지 않으리라는 걸 깨달았을 때는 너무 늦은 상황이었다. 미오의 핸드폰 번호는 바뀌어 있었고, SNS로 연락해도 답장은 오지 않았다. 미오와 다시 예전으로 돌아갈 수 없다는 걸 인정한 나는 배신감에 휩싸여 한동안 무엇에도 집중할 수 없었다.

*

미오와의 관계가 소원해질 즈음 나는 여성 비혼주의자 모임 사람들과 더 친밀한 관계를 유지하고 있었다. 우리는 일주일에 한 번씩 모여 협동 주거, 공동체 주택 기획을 공부하고, 여성 비혼주의자로서 느꼈던 차별적인 시선과 개인적인 고민을 나누었다.

- 부당하고 무례한 시선들은 단련돼서 감당할 수 있는데, 가장 큰 고민은 제 인생의 끝이에요. 혹시 내가 죽었는데 아무도 모를까 봐.

- 맞아요. 저도 나중에 고독사하면 어쩌나 자기 전에 수없이 떠올려요······.

- 우리 비상 연락망 공유하고, 무슨 일 있으면 가장 먼저 연락하기로 해요.

- 좋아요! 여러분들이 있어서 정말 다행이에요. 정말이라니까요.

비혼주의자 모임 사람들은 SNS에서도 끊임없이 근황

을 주고받았다.

나에게는 이 모임 구성원이 가족보다도 더 믿을 수 있는 사람들이었다. 느슨한 연대로 연결된 우리는 너무 멀지도 가깝지도 않은, 딱 적당한 거리의 완벽한 관계였다. 꼭 필요한 말, 꼭 필요한 공감, 꼭 필요한 정보만 밖으로 꺼냈다. 어디까지가 지켜야 할 선인지를 우리 모두 암묵적으로 잘 알고 있었다.

나뿐만 아니라 멤버 여섯 명 모두 이 모임이 평생 이어졌으면 하고 바랐다. 이렇게까지 마음 맞는 사람들은 처음이라며 호들갑을 떨기도 했다. 일을 하다가도, 밥을 먹다가도 이 모임이 자주 떠올랐고, 그럴 때마다 나는 사랑에 빠진 것처럼 흐뭇하게 웃곤 했다.

내가 비혼주의자가 된 것은 아주 자연스러운 일이었다. 연애할 때마다 모두 안 좋게 헤어졌다. 남자 친구들이 양다리를 걸친다거나 일 년도 되지 않은 시점에 사랑이 식었다며 등을 돌렸다. 나에게 어떤 문제가 있는 건 아닌지 수없이 돌이켜 봤다. 내가 잘못한 건 없는지, 내가 그들을 밀어낸 건 아닌지, 그들이 떠나가게끔 내친 건 아닌지……. 부질없는 일이었다. 스스로를 검열할수록 남는 것은 상처뿐이었다. 결국 혼자 살겠다고 결론지었다. 백 퍼센트 잘 맞는 소울메이트가 아니라면, 누군가가 내 삶에 끼어드는 일은 허용하지 않겠다고 다짐했다.

경제력도 나름 튼튼했다, 대기업에서 십 년 넘게 근속 중이었다. 덕분에 서울 역세권에 19평 아파트 한 채를 매매할 수 있었고, 적금과 주식을 운용할 수 있을 만큼 연봉이 넉넉했다.

물론 비혼주의자의 가장 큰 고민은 외로움이었다. 가끔 걷잡을 수 없는 두려움이 내 일상을 바늘처럼 콕콕 찔렀다. 그러나 비혼주의자 모임을 시작하고 난 뒤부터는 쿠션이 내 몸을 두텁게 감싸고 있는 느낌이 들었다, 포근하고 푹신푹신한 연대감이 내 미래를 지켜 주리라는 믿음이 나를 단단하게 했다.

내게는 친한 친구가 딱 한 명 있었다. 초등학교 시절 만난 미오. 왼쪽 눈썹 가운데에 박힌 검은 점이 매력적인 미오는 지극히 평범한 한국 삼십 대 여성이었다. 아이돌을 좋아해 유튜브로 영상을 즐겨 보고, 쿠팡으로 쇼핑하며, 공무원을 준비하는. 전문대 졸업 후 중소기업 회계 부서에서 근무하던 미오는 이 회사에서는 미래가 보이지 않는다며 과감하게 직장을 그만두고 공무원 준비를 시작했다. 퇴직금으로 노량진에 원룸을 얻고 공무원 학원에 다니기 시작했다. 서울 4년제 대학을 졸업하고 원하던 대기업에 한 번에 입사해 경력을 쌓아 온 나와는 걸어온 길이 조금 달랐다.

그래서일까. 우리는 누구에게도 하지 못했던 내밀한 이야기를 솔직하게 나누었다. 특히 미오는 내 이야기를 무척 잘 들어주었다. 미오와 대화하고 나면 심각하게 여겨졌던 일들도 별것 아닌 것처럼 느껴졌고, 홀가분한 마음으로 안정감이 찾아왔다.

그런데 미오에게는 한 가지 아쉬운 점이 있었다. 미오는 내 가치관이나 결정에 대해 늘 이해하고 공감해 주지는 못했다. 특히 비혼주의자인 나를 보며 유별나다는 반응을 보였다. 그러다 보니 이전에는 상관없이 여겨지던 다른 취향도 점점 큰 단점으로 와 닿았다. 미오는 디즈니 애니메이션이나 마블 영화를 좋아했고, 예능 프로그램을 주로 시청했다. 그리고 가장 큰 관심사는 다이어트였다.

이런 아쉬운 점은 비혼주의자 모임 사람들이 채워 주었다. 우리는 만나서 취향을 공유하는 데 많은 시간을 할애했다. 최근 개봉한 예술 영화를 본 감상부터 인디 밴드의 신보 발매, 좋아하는 작가의 신작 출간 소식, 가고 싶은 여행지와 지난 여행에서의 경험담까지. 도대체 이 사람들을 왜 이제야 만났는지 아쉬울 지경이었다.

모임 사람들과 점점 더 친밀해질 즈음 어느 날 미오에게서 전화가 왔다. 시험 준비에 집중하던 미오와 연락이 뜸해진 시점이었다. 안부 연락일 거라 생각하며 전화를 받은 나는 미오가 당당하게 전하는 소식에 할 말을 잃고 말았다. 서울 생활을 접고 남해로 내려간다는 것이었다. 세 번째 치른 공무원 시험에 떨어졌다면서 어렵게 결정을 내렸다고 했다. 서울 집값이 너무 비싼 데다가 이제 와서 부모님 집에 얹혀살고 싶지 않다고, 시험에 붙으리라는 기약이 없어 결단을 내렸다고 했다.

- 내려가서 뭐할 건데?
- 그냥, 그동안 하고 싶었던 거.
- 네가 하고 싶었던 거? 그런 게 있었어?
- …….

문득 내가 미오를 너무 추궁하고 있는 것 같아 질문을 멈췄다. 어떤 말을 해도 미오에게는 진심이 아닌 위선적인 위로로 들릴 터였다. 미오는 더는 나와 대화를 이어 나가고 싶지 않은 듯 침묵을 유지했다. 나는 조만간 보자는 인사말을 하고 전화를 끊었다.

*

커피를 주문한 나는 민수 맞은편으로 가 앉았다. 민수가 나를 보며 대뜸 물었다.

- 로또 1등 당첨되면 뭐 할 거야?

십 년 만에 만난 대학 동창에게 하는 인사치고는 꽤 신선한 편이었다. 나도 미오를 만나면 저 말로 대화를 시작할까.

- 왜? 너 혹시 로또 당첨됐니?

내 질문에 대답하지 않고 그저 웃기만 하는 민수. 의중을 알 수 없었다. 그때 직원이 내 닉네임을 부르는 소리가 들렸다. '한나'. 철학자 한나 아렌트를 좋아한다고 떠들어 대는 나를 보면서 미오가 내게 지어 준 닉네임이었다. 문득 미오가 내 일상에 잔잔하고도 깊은 부분을 차지하고 있다는 사실을 깨달았다. 부재를 알아차리고서야 그 사실을 느끼다니. 씁쓸한 표정을 지으며 픽업 코너에서 커피를 가지고 왔다. 그리고 앉자마자 민수의 질문에 대해 이야기했다.

- 너 '강벤'이란 말 아니?

- 강벤?

- 하긴. 뉴욕에 계속 살았다는데 뭘 알겠니. '강남 살고

벤츠 타자'의 준말이야.

- 응?

- 로또 1등 당첨되면 당장 강남 아파트 살 거야. 그리고 벤츠 한 대 뽑아서 세계 일주 다녀야지.

- 원래 덴마크령 페로제도 섬에 가서 남은 인생 즐기는 게 꿈 아니었어? 엄청 세속적으로 변했다, 너.

- 내가 그랬나? 지금은 스위스에 가서 안락사로 생 마감하는 게 꿈인데.

- 그것도 돈 있어야 가능한 거 알지? 돈 많이 모았어?

- 그럼. 나 서울에 집 있는 여자야.

민수는 나를 빤히 쳐다보면서 또 의미심장한 표정으로 웃기만 했다. 아는 건 전혀 없으면서 뭐든지 다 안다는 듯이.

민수는 내게 뉴욕을 소개해 주겠다며 스타벅스 밖으로 나섰다. 이곳에 온 지 오 년째라면서 구석구석을 잘 안다고 했다. 나는 민수에게 어쩌다 뉴욕에 오게 됐느냐고 물었지만 민수는 대답하기 싫다는 듯 어물쩍 넘어갔다.

뉴욕에 와서 처음 느낀 감정은 '편안하다'였다. 다양한 인종, 다양한 계층의 사람들이 모여 있는 이곳에서 나는 그저 관광객 중 한 명이었다. 나를 통제하거나 독촉하는 사람은 없었다. 한국에서 그런 사람이 딱히 있는 건 아니었지만 그런 감정에 늘 시달리며 살아왔다. 그리고 더이상 내 인생에 미오가 들어와 있지 않다는 걸 체감했을 때 알 수 없는 공포감에 사로잡혔다. 영원히 혼자 살아야 한다는 망상과 함께 뿌리 뽑힌 듯한 공허함이 밀려왔다. 어쩌면 그 마음이 나를 여기까지 이끈 것일 테지.

어느덧 자동차 운전석에 앉은 민수는 나에게도 타라며 손짓했다. 차 종류에 대해 잘 모르던 나도 벤츠는 알고 있었다. 지금 '뉴벤' 앞에서 내가 뭘 한 것인가. 민망함이 밀려와 조수석에 후다닥 앉았다.

- 여행자 보험 들었어? 죽기 싫으면 빨리 벨트 매.

아차. 당황한 나머지 안전벨트 매는 것도 잊고 있었다.

- 으, 응. 그런데 지금 우리 어디 가는 거야?
- 첼시 마켓. 랍스터 사 줄게. 커피도 잘 마셨고.

민수의 외모는 많이 바뀌었지만 성격은 대학 때나 지

금이나 비슷했다. 늘 자신이 상대방의 위에 있다고 생각하며, 아둔하고 어리석은 상대방을 얼마든지 가르칠 수 있다는 태도. 여전했다.

민수는 대학교 동창이다. 내리 과 수석을 차지하던 제법 똑똑한 애였다. 언제나 남을 가르치려는 말버릇 때문에 동기들은 민수를 좋아하지 않았다. 그런데 민수는 군대 제대 후 한 학기만 다니고 휴학하더니 영영 학교에 나오지 않았다. 그 덕분에 수석을 차지한 재호가 민수에 대한 소문을 퍼뜨렸다. 경찰관이었던 아버지가 뒷돈을 받은 게 발각되어 교도소에 들어갔고, 민수네 가족이 야반도주하듯 이사 갔다는 것이다. 사실인지는 알 수 없었지만 민수는 내가 졸업할 때까지 학교에 나타나지 않았다. 우리 과에 민수와 연락하는 사람은 아무도 없었다. 그 때문인지 나는 민수에 대해 약간의 측은한 마음을 느끼고 있었다. 그런데 낯선 도시에서 만난 민수의 모습은 측은과는 거리가 멀어 보였다.

뉴욕의 도로는 많은 차들로 붐볐다. 너무 밀려서 걸어

가는 게 더 빠를 정도였다. 조수석에 앉아 창밖을 바라보았다. 반려견을 끌고 다니는 사람들이 여럿 지나갔다. 뉴욕에 이렇게 개가 많다니. '개'라면 질색하면서 피해 다니던 나인데. 나는 어쩔 수 없이 지나다니는 개들과 눈이 마주쳤다. 갑자기 심장이 쿵쾅거리며 뛰기 시작했다. 손에 땀이 났다. 눈을 질끈 감았다.

편안한 감정은 순식간에 사라지고 이마에 식은땀이 흘러내렸다. 이렇게 많은 개들을 마주치게 될 줄 몰랐다. 후회가 밀려들었다. 뉴욕에 오지 말걸…….

- 피곤한가 봐. 음악이나 들을까?

침묵이 어색했는지 민수가 음악을 재생했다. 첫 멜로디를 듣자마자 레너드 코헨의 목소리라는 걸 알 수 있었다. 'Chelsea Hotel #2'이었다. 뉴욕에 있는 첼시 호텔에 관해 쓴 곡. 민수는 음악에 관심이 없는 줄 알았는데. 민수가 달라 보였다. 쿵쾅거리던 마음도 점차 누그러졌다.

- 너 취향 많이 고급스러워졌네.

- 이 노래 알아? 의왼데.

- 그럼, 당연히 알지. 음유 시인 레너드 코헨 곡이잖아. 나는 밥 딜런보다 레너드 코헨이 더 좋더라.

- 아, 첼시 호텔이 바로 첼시 마켓 근처에 있어.

- 진짜? 잘됐네. 이따가 첼시 호텔에 한번 가 봐야겠다.

뉴욕은 잘 모르지만 첼시 호텔에 대해서는 조금 알고 있었다. 얼마 전 레너드 코헨이 죽었을 때, 음악 잡지에서 특집으로 냈던 추모 기사를 본 적이 있다. 근처 극장에서 공연을 올렸던 연극인들의 아지트이자 오 헨리, 마크 트웨인 등 유명 작가들의 작업실이었던 곳, 또 밥 딜런, 에디트 피아프와 지미 헨드릭스 등 뮤지션이 곡을 탄생시킨 역사적인 공간이었다. 가난한 예술가들이 자신의 작품으로 숙박비를 대신 지불했다는 일화가 전해지기도 했다.

이제까지는 괜히 민수를 만나 시간만 낭비하고 있다고 생각했는데, 첼시 호텔 이야기가 나오자 문득 민수를 만난 게 오히려 잘 된 일일 수도 있겠다 싶었다. 막상 뉴욕에 왔지만 어디를 가야 할지 아무것도 정하지 않은 상태였다. 민수 덕분에 첼시 호텔에 갈 수 있을 거라 생각하니 기분이 나아졌다.

음악이 점점 무르익을 즈음 우리는 또 할 말이 떨어져 입을 다물었다. 그러다 민수가 먼저 말을 꺼냈다.

- 너 성렬이랑 연락하냐? 걔 요즘 뭐 하고 산대?

성렬이……. 누구를 이야기하는지 몰라 한참 기억을 더듬었다.

- 왜, 있잖아. 대머리.

- 아, 최성렬! 걔 엄청 웃겼는데. 걔랑은 연락 끊겨서 모르겠다. 뭐 하고 사는지 궁금하네. 너는 누구랑 연락해?

- 대학 동기들이랑은 연락 완전히 끊겼지 뭐.

- 그런데 너 졸업은 한 거야? 휴학 오래 했잖아.

- 응. 재입학하고 간신히 졸업했어. 애들 결혼은 다 했으려나.

- 두 달 전인가. 성현이 결혼식 갔다 왔는데.

- 성현이? 그때 학교 애들 누구누구 왔었어? 사진 있으면 보여 주라.

- 동기들은 다섯 명 정도 왔었던 것 같아.

나는 스마트폰으로 결혼식 사진을 찾아보았다. 하지만 그때 찍은 사진은 뷔페 음식뿐이었다.

- 애들이랑 같이 찍은 사진이 한 장도 없네.

- 그래? 다 여전하겠지, 뭐.

우리는 한참 동안 서로 공유하는 고유명사들을 쏟아냈다.

- 다들 어디서 뭐 하는지 궁금했는데. 이렇게라도 소식 들으니까 재밌고 묘하네.

- 우리야말로 네가 어디서 뭐 하는지 궁금했는데. 내가 지금 예상치도 못한 곳에서 네 차를 얻어 타고 있다니, 인생 오래 살고 볼 일이다, 참.

- 그래. 우리가 지금 뉴욕에서 이런 대화를 나눌지 누가 알았겠냐. 스타벅스에서 줄 서고 있는데 네가 문 열고 들어오는 거 보고 딱 알겠더라니까. 너 진짜 하나도 안 변했어.

- 나는 네가 아는 척 안 했으면 몰랐을 뻔했어. 네가 이름 얘기하니까 그제야 기억이 나더라고.

운전에 집중하던 민수는 신호 대기 시간에 나를 보며

물었다.

- 그나저나 여기에는 왜 온 거야? 여름휴가? 참 너는 지금 무슨 일 해? 결혼 아직 안 했지?

나는 대충 뭉뚱그리며 대답했다.

- 응. 그냥 회사 다니지 뭐. 그러는 너는 어쩌다 뉴욕에 살게 된 거야?

- 다 열심히 산 덕분이지.

민수도 내 질문에 구체적으로 대답하지 않았다. 어떤 사정이 있겠거니 생각하고는 눈앞에 펼쳐진 풍경을 바라봤다. 지금은 반려견들이 보이지 않았다. 다행이었다.

어느새 우리는 맨해튼 중심가를 벗어나 한적한 동네에 진입했다.

*

미오가 남해로 내려가고 육 개월이 지났을 즈음이었다. 미오가 먼저 전화를 걸어왔다. 한결 밝은 말투로 자신의 근황을 이야기했다.

- 얼마 전에 남해에서 편집숍 오픈했어. 독립 서적도 판매하고, 핸드메이드 제품도 판매하는 가게야. SNS 계정 만들었으니까 팔로우해 줘. 알았지?

무척이나 놀라운 소식이었다. 미오가 내게 농담하는 거라고 생각했다. 미오와 편집숍은 전혀 어울리지 않았으니까. 알려 준 계정으로 들어가 보니 정말이었다. 사진들을 보니 심지어 가게가 세련되고 예쁘기까지 했다. 평범하기 짝이 없는 미오에게 유니크한 편집숍이라니. 그동안 수많은 시간을 함께 지내 오면서 미오는 내게 독립 서적이나 핸드메이드 제품을 좋아한다고 이야기한 적이 단 한 번도 없었다. 오히려 그런 취향을 티 내고 싶어 안달이 난 내가 은근한 문화적 우월감에 취해 떠들어 대면 미오는 자기와는 다른 세계 이야기라는 듯 무심하게 들어 주기만 했다. 나는 나중에 은퇴하고 나면 파리의 '셰익스피어 앤드 컴퍼니' 같은 복합 예술 공간을 만들겠다고 떠들었고, 미오는 무미건조하게 멋있다는 말만 할 뿐이었다.

그런 미오가 전혀 한마디도 없이 내가 원하던 꿈을 실천하고 있다는 얘기를 들으니 기분이 묘했다. 진 기분이었다. 배신감이 왈칵 밀려들었다.

내가 미오와 이렇게까지 오랫동안 우정을 유지할 수 있었던 건 서로 일하는 분야와 원하는 가치관이 달랐기 때문이라고 생각했다. 경쟁할 필요가 없었고 누가 먼저 잘됐다고 배 아파할 일도 없었으니까. 그런데 아니었다. 그건 일방적인 내 착각이었다. 그동안 미오는 내 앞에서 자신의 욕망을 철저히 드러내지 않았을 뿐이었다.

대체 미오는 왜 그랬을까. 도대체 언제부터 그런 욕망이 생긴 걸까. 내 얘기를 들으며 속으로 무슨 생각을 했을까.

SNS 계정으로 업로드하는 편집숍 소식은 부러움을 자아냈다. 미오에게 이런 감각이 있는 줄 전혀 몰랐다. 취급하고 판매하는 핸드메이드 상품 또한 유니크하고 아름다웠다. 미오는 여기에서 그치지 않고 지역에서 뜻을 함께하는 청년들과 네트워크를 만들어 모임을 이어 나갔다.

이 모든 일들이 그동안 내가 미오에게 쏟아냈던, 내가 원하던 삶의 형태와 일치했다. 그래서일까. 마치 미오가 내 것을 훔쳐 간 것처럼 느껴졌다.

게시물을 본 나는 며칠 동안 감기 몸살로 끙끙 앓았다. 회사에 연차를 내고 이틀을 연달아 쉬었다. 도저히 출근할 수 있는 몸이 아니었다. 나도 내 마음을 이해하기 어려웠다. 부러움과 자괴감, 배신감이 공존했고 미오가 내 일상을 이렇게 뒤흔들 만한 존재였다는 사실에 새삼 놀랐다.

나는 이런 감정을 비혼주의자 모임에서 털어놓았다. 그리고 그곳에서 완벽하게 이해받았다. 모임 사람들은 내 마음을 백 퍼센트 공감해 주는 것 같았다. 이 모임 덕분에 낯선 감정의 몸살을 무사히 잘 지나칠 수 있었다.

그 이후로 미오와 나는 서로 연락하지 않았다. SNS 계정을 통해 소식을 주고받고, 댓글을 달거나 '좋아요'를 눌러 주면서 안부를 확인할 뿐이었다.

그러던 어느 날, 나는 또 한 번 낯선 감정의 소용돌이로 빠져들었다. 미오가 편집숍을 차리고 난 지 일 년쯤 되던 날이었다. 미오가 뉴욕으로 여행을 다녀온다는 것이었다. 편집숍 운영을 위한 출장 겸 장기 여행이라고 했다. SNS를 통해 소식을 접한 나는 미오가 먼저 연락해 직접 이야기할 때까지 기다렸다. 그런데 일주일이 지나도록 연락이 없었다. 나는 또 한 번 진 기분으로 미오에게 먼저 전화를 걸었다.

- 뉴욕 간다며? 나한테는 말도 안 하고. 서운하다, 얘.
- 미안. 내가 정신이 없어서 연락을 못 했네.
- 그럼 편집숍은 누가 운영해? 잠시 중단하는 거야?
- 아니, 모임에서 만난 언니가 맡아 주기로 했어. 좋은 언니야. 진짜 신기할 정도로 잘 맞는 언니 있거든.

담담하게 자신의 계획을 이야기하는 미오는 내가 알던 예전의 미오가 아닌 것 같았다. 나는 잠시 침묵했다. 지금이 바로 미오와 내가 서로에게 중요한 존재가 아니라는 사실이 명확해지는 순간이었다. 나는 나직이 한마디 했다.

- 그래, 잘 다녀와. 몸조심하고.

이제는 아주 멀어져 버린, 낯선 사람에게 건네는 형식적인 인사였다.

*

첼시 마켓은 공장을 리모델링한 건물을 통틀어 부르는 명칭이었다. 붉은 벽돌의 외관을 지나 건물 안으로 들어가자 아기자기하고 예쁜 인테리어 소품 매장과 고소하고 맛있는 냄새를 풍기는 빵집이 가득 펼쳐졌다. 민수는 나를 이끌며 마켓에 대해 설명하기 시작했다. 원래 오레오 쿠키를 만드는 공장이었는데, 회사가 다른 도시로 이전되면서 폐허처럼 변해 갔다고 한다. 30년 넘게 방치되던 공장 건물을 지역 차원에서 마켓 건물로 재탄생시켰고, 이후 근처 소호에 있던 예술가들이 건너와 머물기 시작했다고.

민수는 마치 자신이 소호에서 건너온 예술가라도 되는

것처럼 신나게 떠들었다. 나는 천천히 둘러보면서 민수를 따라 걸었다. 마켓에는 지금도 공장이었던 흔적이 남아 있었다. 아치형으로 부서진 벽들, 쇠 파이프와 녹슨 천장, 고철로 만들어진 휴지통이 빈티지한 멋을 자아냈다.

구경하는 재미에 푹 빠져 있던 중, 나는 또다시 식은땀을 흘렸다. 몸이 굳어지며 걸음이 느려졌다. 눈앞에 개들이 나타난 것이다. 반려견들이 목줄에 매달린 채 주인에게 이끌리면서 혓바닥을 내밀고 돌아다녔다. 그중 새까맣고 마른 개가 내 눈을 뚫어지게 쳐다봤다. 갑자기 호흡이 빨라지고 심장이 쿵쾅거렸다. 개에게서 시선을 거둔 채 재빨리 민수를 쫓아갔다.

민수는 랍스터가 맛있다는 가게로 나를 데려갔다. 사람들이 길게 줄지어 서 있는 가게였다. 간신히 두 개의 빈자리를 찾았다. 이번에는 내가 자리를 맡고 민수가 주문을 하기로 했다. 민수는 지갑을 꺼내며 계산대로 걸어갔다. 혼잡한 관광객 틈으로 민수의 모습이 점점 자취를 감추었다.

나는 자리에 앉아 잠시 눈을 감고 심호흡을 했다. 이제껏 마주쳤던 개들이 아른거렸다. 결코 떠올리고 싶지 않은 장면이 내 머릿속을 휘저었다. 어릴 때 자주 놀러 다니던, 집 근처 공장 건물들이 순식간에 눈앞에 펼쳐졌다.

내가 자란 동네는 서울의 가리봉 공장 지대 근처 경기도 아파트 단지였다. 그 당시에는 출산 제한 정책으로 정관 수술을 한 부부에게 분양권을 우선으로 주는 시대였다고 했다. 빌라 단칸방에 살던 우리 가족은 새로운 정책 덕분에 새 아파트로 이사 왔다. 그 대신 나는 동생을 얻지 못했지만.

다른 친구들이 언니 오빠, 동생들과 놀 때 나는 아파트 경비 아저씨가 키우는 개와 시간을 보냈다. 새하얀 진돗개. 두 귀가 쫑긋 세워져 있지는 않았지만 나는 그 개를 진돗개라고 믿었다. 유독 나를 잘 따르던 그 개를 나도 무척 예뻐했다. 학교 수업이 끝난 평일 오후에는 경비 아저씨의 허락을 받고 개를 끌고 다니며 동네를 산책했다. 야

외 주차장에 빼곡히 들어찬 자동차 사이로 우리는 구석구석을 누볐다. 아파트 단지 옆에는 하천이 흐르고 있었는데, 돌다리를 건너면 바로 서울의 공장 지대로 이어졌다. 면장갑 공장, 철근 공장, 인쇄소 등 여러 공장들이 좁은 골목을 사이에 두고 붙어 있었다.

나와 하얀 개는 돌다리를 건너 공장 지대를 구경하는 일을 좋아했다. 건물 사이 골목을 지나다니면서 낡고 녹슨 쇠 파이프들과 오래된 간판들을 구경했다. 톱질 소리를 듣고, 벽돌마다 쓰인 붉은 페인트 글씨들을 읽어 보기도 했다. 그러다 해가 살짝 기운 오후 네 시쯤이 되면 다시 하천을 건너 아파트 주차장으로 돌아왔다. 놀이터에 있는 정자에 앉아 있으면 햇살이 개의 털에 비스듬하게 놓였다. 나는 따뜻하게 데워진 개의 털을 한참 동안 쓰다듬었다. 그렇게 개와 만족스러운 산책을 하고 나면 경비 아저씨에게 개를 무사히 데려다 주었다.

그런데 어느 날, 나는 그 개를 아저씨에게 데려다 주지 못했다.

경비 아저씨가 순찰 중으로 자리를 비웠을 때였다. 개는 나를 보자 반갑게 달려들었다. 평소에는 아저씨에게 허락을 받고 산책했는데 그날은 허락 없이 개를 데리고 갔다. 평소처럼 산책하면 별일 없을 거라 생각했고, 나를 쳐다보는 개의 눈망울을 보자 나는 자연스럽게 개의 목줄을 쥐게 되었다.

아파트 현관으로 나와 주차장을 지나고 늘 다녔던 길을 따라 하천으로 갔다. 돌다리를 건너기 전 진돗개를 쓰다듬으려는데 뒤쪽에서 따르릉거리는 자전거 소리가 들렸다. 무심코 뒤돌아보던 찰나 나도 모르게 손에 힘이 풀려 개의 목줄을 놓쳤다. 개가 갑자기 어딘가로 뛰어가는 바람에 손을 놓아버린 것이다. 개는 순간 머뭇거리더니 재빠르게 하천 옆 산책로를 달려갔다. 어디선가 풍겨오는 음식 냄새를 맡은 걸까? 아니면 그동안 달아날 궁리를 하고 있던 걸까? 나는 당황스러운 마음으로 개를 쫓아 뛰었지만 개는 점점 더 빨리 달렸다. 그러고는 하나의 점이 되면서 모습을 감추었다.

아빠한테 얼핏 듣기로는 이 하천이 서울의 한강까지 이어진다고 했다. 어린 나로서는 도저히 따라갈 수 없는 곳까지 길이 뻗어 있었다. 나는 더 따라 달리지 못하고 주저앉았다. 막막한 마음으로 그 자리에서 하염없이 눈물을 흘렸다.

그 사건이 일어난 이후 아파트 관리사무소에서 개를 찾는다는 안내 방송을 했다. 아파트 동마다 엘리베이터 앞 게시판에 개를 본 사람의 제보를 받는다는 안내문이 붙었다.

그러나 그 게시물은 얼마 후 자취를 감추었다. 연일 폭염이 계속되던 여름, 에어컨을 설치해 달라는 경비원들의 요구가 있었고, 아파트 입주민 대표 회의에서 일방적으로 경비 업체를 바꾸었기 때문이다. 나는 입주민 대표였던 아빠가 그 일을 주도했다는 사실을 나중에 알게 됐다. 아마도 경비 아저씨가 나를 계속 추궁했던 사실을 안

아빠가 서둘러 경비 업체 교체를 진행한 것 같았다.

경비 아저씨들이 바뀐다는 소식을 듣자 나는 안도의 한숨이 저절로 나왔다. 아저씨를 볼 때마다 죄책감에 온몸이 얼어붙었다. 일부러 아저씨가 자리를 비울 때까지 기다렸다가 엘리베이터를 타거나 아저씨의 눈길을 피해 비상구 계단으로 가 13층까지 걸어서 올라갔다.

- 네가 그날 개를 산책시킨 거 아니냐? 제발 아는 게 있으면 말 좀 해 주렴. 생사라도 확인할 수 있다면 좋겠구나……

울먹이는 나를 빤히 바라보던 아저씨. 아저씨의 눈에는 눈물이 고여 있었다. 설령 내가 개를 잃어버렸다고 하더라도 꼬맹이가 저지른 실수에 경비 아저씨는 뭐라고 나무라지 못했을 터였다.

이 비밀을 세상에 아는 사람은 미오뿐이었다. 나는 이 사실을 부모님께도 말하지 않았다.

나는 지금 유난히 미오가 더 보고 싶어졌다. 사실 민수의 차에서 창밖으로 개들을 볼 때부터 미오의 얼굴이 계속 떠올랐다. 왠지 미오를 볼 수 있을 것만 같은 기분이 들었다.

*

 굳게 마음먹고 회사에 사직서를 제출했다. 미오가 뉴욕으로 떠난다고 인사를 나눈 지 일 년 지난 시점이었다. 영원할 것만 같았던 비혼주의자 모임도 점점 와해됐다. 일주일에 한 번씩 모이던 모임 횟수는 한 달에 한 번, 두 달에 한 번으로 줄어들었다. 그러던 중 서른아홉 살 언니가 아이슬란드 여행에서 만난 남자와 두 달 만에 결혼했다. 총 여섯 명 모임에서 다섯 명이 남았고, 한 달 후 네 명이 다른 한 명으로부터 청첩장을 받았다. 그동안 이별하고 다시 만나기를 반복했던 애인과 결국 결혼하기로 했다는 것이었다. 그렇게 해서 남은 네 명만이라도 모임을 유지하자고 서로를 다독였지만 그중 한 명이 회사를 그만두고 인도로 장기 여행을 떠났다. 그리고 남은 세 명은 서로 먼저 연락하지 않았다.

무작정 뉴욕행 비행기 티켓을 끊었다. 그저 미오를 만나고 싶은 마음뿐이었다. 도대체 어디서 어떻게 사는지. 우연하게라도 마주치고 싶었다. 미오가 운영하던 편집숍 SNS 계정에는 꾸준히 소식이 올라왔다. 그 지역에 있는 유일한 복합 문화 공간으로 운영이 제법 잘 되는 모양이었다. SNS 계정 운영자에게 쪽지를 보내 미오의 근황을 아느냐고 물었다. 하루가 지난 뒤 답장이 왔다. 미오가 여전히 뉴욕에 있으며, 그곳에서 무엇을 하는지 자신도 알지 못한다는 이야기였다.

뉴욕에서 미오가 어떻게 살고 있는지, 두 눈으로 확인하고 싶었다. 왠지 내가 원하던, 세련되고 멋있는 삶을 살고 있을 것만 같았다. 그리고 철저히 혼자가 된 지금의 나를 온전하게 받아주고, 이해해 줄 것만 같았다.

비행기를 타면서 온몸의 긴장이 스르르 풀렸다. 스스로 생각해도 기가 막혔다. 모래에 숨겨진 동전을 찾기 위해

해변을 뒤지는 격이었다. 하지만 이미 몸은 뉴욕으로 향하고 있었다.

나는 비행기에서 한숨도 자지 않고 영화를 봤다. 영화를 보는 내내 집중이 되지 않았다. 정말로 우연히 미오를 만나게 된다면 어떤 말을 해야 할지 머릿속으로 떠올려 봤다. 그러나 상상 속 장면에서 나는 어떤 말도 입 밖으로 꺼내지 못했다. 그저 한동안 먹먹하게 서로를 바라보지 않을까.

사실 공상하는 것 자체가 쓸데없는 일이라는 걸 알고 있었다. 미오를 만날 확률이 0.001%도 되지 않을 테니까. 하지만 꼭 미오를 만나지 않아도 괜찮다는 마음이었다. 오랜만에 주어진 휴식 기간 동안 생각이 이끄는 대로 몸을 맡겨 보자며 기내 의자에 등을 더 바짝 기댔다.

*

자리를 잡고 기다리고 있는데 민수가 다급하게 뛰어

왔다. 지금 급한 일이 생겨서 빨리 가 봐야 한다는 것이었다.

- 무슨 일인데? 큰일이야?
- 아니, 별일은 아니야. 뉴욕에 언제까지 있어? 오늘은 정말 미안하다. 너 한국 가기 전에 꼭 보자. 연락 줘!

처음부터 끝까지 멋대로 행동하는 민수가 괘씸했다. 무심하게 등 돌려 가 버린 민수. 학교에서도 어느 날 갑자기 나오지 않더니, 이번에도 누군가에게 쫓기듯 달아나고 말았다. 한참 동안 멍하니 앉아 있는데, 민수와 연락처를 교환하지 않았다는 사실이 떠올랐다. 앞으로 민수를 만날 일은 두 번 다시 없을 수도 있겠구나 싶었다.

갑자기 오늘의 일정이 붕 떴다. 민수에 의해서 내 하루가 좌지우지되는 것 같아 속상했다. 나는 무작정 자리에서 일어나 왔던 길을 되돌아 나갔다. 최대한 개의 눈을 피하기 위해 실눈을 뜨고 재빨리 걸어갔다.

첼시 마켓 입구에 서서 구글 지도를 켰다. 내리쬐는 햇살이 뜨겁게 피부에 내려앉았다. 그늘이 드리워진 곳으로 걸어가 다시 지도를 보며 주변에 무엇이 있는지 살펴봤다. 하이라인 파크, 베셀 타워……. 관광객들이 많이 찾는 명소들이 주변에 있었지만 그다지 끌리지 않았다. 나는 과감히 구글 지도를 껐다. 그러고는 무심코 거리를 걷기 시작했다. 최대한 개들이 없는 곳을 찾아갈 생각이었다. 관광지가 아닌 한적한 동네로 가 우연히 마주친 풍경을 만끽하고 싶었다.

길을 걷는 내내 다양한 인종들이 뒤섞여 내 옆을 지나쳤다. 햄버거 가게, 카페, 각종 마켓 등 간판들을 구경하며 걸었다. 그러다 반가운 포스터가 눈길을 사로잡았다. 방탄소년단의 포스터가 어느 건물의 벽에 붙어 있었다. 자세히 건물로 다가가 보니 그곳이 극장이라는 사실을 알아챘다. 최근에 개봉한 방탄소년단에 관한 다큐멘터리 포스터였다. 반가운 마음으로 사진을 찍고는 이어서 옆 건물을 향해 걸어갔다.

외관 공사 중인 붉은 벽돌의 건물이었다. 1층 정문 옆에는 영업이 중단된 악기점이 있었다. 악기점으로 가까

이 다가갔다. 먼지 쌓인 트럼펫, 아코디언, 첼로 등 오래된 악기들이 보였다. 한 시절을 풍미했을 음악이 이곳에 조용히 머물러 있는 것처럼 보였다. 주변을 자세히 들여다보았다. 정문 바로 옆 벽에 간판이 붙여져 있었다.

HOTEL CHELSEA.

스펠링을 나직이 읊는 순간, 민수의 차에서 들었던 레너드 코헨의 음악이 귓가에서 들리는 듯했다.

첼시…… 호텔? 바로 여기가 첼시 호텔이었다!

이렇게 오게 되다니! 놀라웠다. 일부러 가려고 한 것도 아닌데. 발이 이끄는 대로 간 것뿐인데. 흥분이 가라앉지 않았다. 나는 스마트폰을 꺼내 사진을 찍기 시작했다. 1883년 세워질 당시 뉴욕에서 가장 높은 건물이었다는 이 호텔은 지금은 그저 낡고 허름한 하나의 건물일 뿐 그다지 화려하지는 않았다. 공사 중이어서 호텔은 영업을 중단한 상태였다. 그렇지만 신비로운 분위기가 건물 전체를 휘감고 있었다.

호텔 안으로 들어갈 수는 없었다. 정문 옆에 붙여진 레너드 코헨의 업적을 기리는 현판만 볼 수 있을 뿐이었다. 컴컴한 내부가 무척이나 궁금했다. 예술가들의 흔적을 품고 있을 그 공간들에 발을 디디면 순식간에 역사 속으로 빨려 들어갈 것만 같았다.

나는 주변을 서성거렸다. 두세 번 정문 주위를 왔다 갔다 하다 첼시 호텔의 끄트머리까지 걸어갔다. 오랜 세월이 묻어 낡고 오래돼 보였다. 흥미롭게 건물 구석구석을 살펴보는데, 문득 기이한 그림의 벽화가 보였다.

외관에 그려진 그라피티. 언뜻 보기에 어떤 그림인지 알 수 없어 자세히 들여다보았다. 날카로운 이빨과 혓바닥, 눈동자가 눈에 들어오는 순간, 나는 또다시 식은땀이 나기 시작했다.

커다란 개 얼굴 그림.

프란시스 베이컨의 그림 같아 보이는 이 그라피티는 여기저기가 뭉개져 있는, 형체만 알아볼 수 있는 개의 얼굴이었다.

하천 근처에서 개를 잃어버렸던 그때처럼, 나는 온몸이

얼어붙었다. 도망치고 싶었지만 몸이 마음처럼 움직여지지 않았다. 그때 갑자기 레너드 코헨의 'Chelsea Hotel #2' 음악이 귓가에 들렸다. 라디오를 틀어 놓은 듯 음악이 생생하게 흘렀다. 기분이 이상했다. 음악 소리가 점점 커지더니 현기증이 나며 어지러웠다. 잠시 후 경비 아저씨의 개가 눈앞에 스쳐 지나갔다.

그때였다. 벽에 그려진 그라피티의 개가 갑자기 벽에서 튀어나왔다. 일그러져 있던 개 얼굴이 입체적으로 변하면서 점점 또렷하게 형체를 갖추었다. 온몸이 새하얀 진돗개의 얼굴로.

개가 컹컹 짖으면서 나를 향해 뛰어왔다. 그때 누군가 뒤에서 나를 향해 외쳤다.

- 너, 그 개 잊고 있었지?

미오의 목소리였다. 소름이 끼쳤다. 소스라치면서 뒤돌아보았다. 동양인의 여자였다. 그 여자는 경비 아저씨의 얼굴이었다가 다시 미오의 얼굴로 변했다. 나는 그 사람을 빤히 쳐다보았다.

왼쪽 눈썹 가운데 진하게 박혀 있는 검은 점. 정말 미오가 맞았다.

여기서 우연히 미오를 만나다니! 기쁨도 잠시, 벽에서 튀어나온 커다란 개가 내 바지 끝을 물었다.

나는 미오를 반가워할 틈도 없이 뛰었다. 숨이 턱까지 찰 때까지 멀리, 아주 멀리 도망쳤다.

그렇게 미오는 나에게서 또다시 멀어져 갔다.

| 평론

몰주체성과 허위의 일상을 뚫고
솟아나는 환각들

이성혁

문학평론가

 현대사회에서의 일상이 품고 있는 불모성과 소외를 비판적으로 드러내는 일은 근대소설이 줄곧 해온 작업이었다. 근대사회의 한 축인 자본주의가 자신의 본질을 더욱 거리낌 없이 전개되고 있는 것이 지금 현재 상황이기에, 아무리 시대가 바뀌었다고 해도 근대 자본주의의 본질은 여전히 관철되고 있는 중이다. 그렇기에 근대성 비판을 자신의 중요한 기능으로 삼은 근대소설은 아직 끝나지 않았다. 근대를 관통하고 있는 자본주의가 가져온 삶의 문제들은 사라지기는커녕 도리어 더욱 심각해지고 있는 것, 그래서 이 문제들을 탐구하고 드러냈던 소설의 사회 비판적인 성격은 예전보다 더욱 요청된다고 할 수 있는 것이다. 라유경은 이러한 소설의 비판적인 성격을 깊이 인식하면서 소설을 써나가고 있는, 30대 초반의 젊은 소설가다.

라유경은 자신의 세대 사람들이 현재 한국사회를 살아가면서 어떠한 문제에 봉착하고 있는지 드러낸다. 20대 초반에 발표한 2011년 〈한국일보〉 신춘문예 당선작 「낚시」에서부터, 그는 주체성이 탈각된 채 고독하게 삶을 살아가는 젊은이를 그려내면서 현 사회에서의 삶이 어떻게 비틀리는지 비판적으로 드러낸 바 있다. 그 삶은 낚시에 걸린 물고기라는 알레고리로 상징화된다. 2019년에 출간된 작품집 『평일의 비행』(청색종이)에 실린 「육교 산책」과 「평일의 비행」에서도, 그는 육교 위에 버려진 비둘기의 사체라든지, 건물로 들어가는 문이 잠겨버린 커다란 기업 건물의 옥상과 같은 알레고리적인 상징으로 자신의 세대가 겪고 있는 고독과 소외의 감성을 보여주었다.

이 소설들의 특징은 일상의 가장 긴 시간을 보내는 노동의 장을 소설의 중요한 배경으로 삼고 있다는 점이다. 「낚시」에서의 주인공의 자취방은 점자책을 만들기 위해 책의 글자를 타이핑하는 노동을 행하는 장소다. 「육교 산책」의 육교는 주인공이 다니는 회사와 주인공이 사는 철거 직전의 아파트 사이에 놓여 있는 상징적인 공간이다.(이 육교에서 주인공은 냄새나는 비둘기의 사체를 발견한다.) 「평일의 비행」에서는 막 입사한 주인공이 다니기 시작한 커다란 빌딩이 소설의 주요 공간이 되고 있다. 사회적 삶이 응축되는 지점이 바로 노동이라고 할 때, 작가가 노동의 장을 조명한다는 것은 우리의 삶이 사회 속에서 어떻게 진행되고 있는지 투시한다는 의미를 갖는다.

그만큼 라유경은 사회적 측면에서 자기 세대의 삶을 조명하고 있다고 하겠다. 그런데 여기 작품집에 실린 작품들은 노동 바깥의 공간이 소설의 주요 배경을 이루고 있다. 「우연히 첼시 호텔」은 화자가 회사에 사표를 내고 친구 미오를 만나기 위해 무작정 온 뉴욕이 배경이다. 「최저 라이프」는 주인공 서엽이 퇴근하고 편히 쉴 집으로 가기 위해 탄 버스 안이 작품의 배경이다. 하지만 이 공간들은 주인공에게 휴식을 제공하지 않는다. 그곳은 어떤 콤플렉스를 다시 불러일으키거나(「우연히 첼시 호텔」) 주인공을 안전벨트로 묶어놓는 공간(「최저 라이프」)인 것이다. 이는 현대사회에 따르는 삶의 부정적인 문제-인간관계의 비틀림이나 '안녕'만을 바라며 수동적으로 사는 몰주체성-에서 우리의 삶이 언제 어디서나 벗어날 수 없음을 암시한다.

「최저 라이프」부터 살펴보자. 서엽은 평범한 젊은 회사원으로, 초등학교에서 직장까지 줄곧 서울에서 다니고 있는 사람이다. 회사 입사 동기로 만난 여자 친구와 결혼한 그는, 신혼집으로 아파트를 알아본 결과 전셋값이 너무 비싸 서울에서 집을 구하지는 못하고 광택 신도시의 신축 아파트에 신혼집을 구하게 된다. 아파트 근처 버스정류장에서 직장이 있는 서울로 다니는 버스의 배차 간격이 짧으며, 또한 서울까지 편도 삼십 분밖에 안 걸린다는 아파트 소개를 믿었던 것이다. 하지만 그는 신혼집에서 첫 출근을 하는 날부터 이러한 소개가 잘못되었음을 알게 된다. 광역버스를 타고자 하는 사람들에 비해 운행하는 버스가 턱없이 부족해서, 이 도시의 직장인들은 버스를 타기 위해 새벽부터 줄을 서야만 했던 것이다. 이는 서울 주변의 도시와 서울 사이를 왕복 운행하는 버스가 서는 버스 정류장이라면 출퇴근 시간의 어디에서나 볼 수 있는데, 서울 근교에 살면서 서울까지 출퇴근해야 하는 젊은 직장인들의 현 상황을 잘 보여준다고 하겠다. 소설 속의 서엽 부부 역시 이러한 상황에서 벗어날 수 없었다.

「최저 라이프」는 서엽이 놓인 이러한 상황-흔하게 볼 수 있는 전형적인 상황-을 설명해준 후 곧바로 여느 때와 같이 퇴근한 서엽이 집으로 가기 위해 탄 버스 안에서 벌어지는 일을 전개시킨다. 사실 소설의 도입부에서부터 버스 안의 상황을 보여준다. 이 도입부의 장면 역시 버스 안에서 흔하게 볼 수 있는 장면이다. 버스를 오래 기다린 취객이 버스에 올라타고, 운전기사에게 시비를 건다. 그러자 승객들이 취객에게 안전에 위협이 된다며 조용히 하라고 항의하자 머쓱해진 취객은 자리에 앉고는 곧 코를 골며 잠이 든다. 고속도로에 들어서면서 운전기사는 승객들에게 안전벨트를 매라고 주문한다. 너무나 일상적인 장면이다. 그러나 서두의 이 장면은 소설의 후반부에서 반복·변조되면서 섬뜩하게 변형된다. 어쩌면 라유경 작가는 우리가 별생각 없이 보내고 있는 이러한 일상이 사실은 얼마나 섬뜩한 것인지 보여주기 위해 이 소설을 썼을지도 모른다는 생각이 든다.(이 마지막 장면은 조금 후에 다시 읽어볼 것이다.)

주로 직장인들일 저 버스 안의 승객들은 타인에 대한 어떠한 마음 씀씀이도 갖고 있지 않음에 우선 주목된다. 그들은 오로지 자신의 휴식과 안전을 생각할 뿐이다. 운전기사에게 시비를 건 취객을 비난하는 이유도 자신의 안전을 위해서 또는 조용히 편히 가고 싶어서다. 이해할 만한 일이다. 그들은 직장에서 시달렸으며 긴 시간 버스를 추위를 견디며 기다렸다. 이 이해할 만한 일을 라유경은 '두렵고 낯설게(섬뜩하게, uncanny)' 전복하여 보여준다. 그는 사람들이 타인에게 무심해진 현실을 마냥 당연하게 받아들이지 않도록 만든다. 이 현실이 얼마나 끔찍한 현실인지를 독자에게 충격적으로 보여주려고 하는 것이다. 그에게 서로 타인들이 모여 있는 버스 안은 사람들이 자신만을 생각하고 상대방의 존재를 아예 무시하는 한국 사회의 현실을 가장 상징적으로 보여주는 공간이다. 그래서인지 그는 버스 안에서 벌어지는 악몽 같은 사건을 창작하여 소설 전체에 걸쳐 집중적으로 묘사, 전개시킨다.

어떤 일이 벌어졌는가? 안전벨트를 맨 서엽 옆에 앉은 만삭의 임산부가 갑자기 진통을 느낀다. 서엽은 만삭의 몸으로 버스를 한 시간 넘게 기다렸을 그녀에게 안쓰러움을 느낄 정도의 마음은 갖고 있는 사람이다. 버스 안의 좌석은 임산부나 노약자에게 어떠한 배려도 없이 똑같이 비좁고 불편하게 배치되어 있다. 넓은 좌석을 배치하면 그만큼 사람을 더 태우지 못하기 때문이다. 그런데 옆에 앉은 임산부가 갑작스러운 진통으로 고통스러워한다. 그녀는 서엽에게 도움을 청하지만 서엽은 그녀를 도우지 못한다. 안전벨트가 고장 나 풀리지 않았던 것이다. 차가 정차하고 구급차가 와서 구급 대원들이 임산부를 간신히 부축하여 버스에서 내릴 때에도, 안전벨트를 풀지 못한 서엽은 구급 작업에 방해만 된다. 그러한 서엽을 승객들은 한심하다는 눈길로 쳐다보고, 서엽은 "자신의 편의만 생각하는 이기주의자라고 비난받는 기분"이 들어 억울해한다. 하지만 승객들은 "임산부의 긴박한 상황을 보면서 안타까워하더니 곧바로 태도를 바꾸"어 임산부 때문에 지체된 운행 시간을 불평한다. 이기주의자는 승객들이었던 것이다.

여기까지도 실제로 일어날 수 있는 사건이며 승객들의 반응 역시 예상되는 모습이다. 옆에 앉은 임산부가 갑자기 진통으로 고통스러워할 수 있으며 마침 그때 안전벨트가 망가져 있을 수 있다. 승객들의 이중적인 모습 역시 우리가 자주 만날 수 있는 모습이다. 그런데 소설은 비현실적인 악몽처럼 전개되기 시작한다. 안전벨트가 풀리지 않는다는 단순한 상황임에도 버스 안은 곧 악몽이 벌어지는 공간으로 변환되는 것이다. 서엽의 안전벨트는 버스가 '안녕리'를 지나 그가 사는 아파트에 도달할 때에도 풀리지 않는다. 그는 운전사와 주변 승객에게 도움을 요청하지만 아무도 돕지 않는다. 결국 그는 그가 사는 동네에 내리지 못하고 종점을 지나 다시 강남역까지 가게 된다. 그때에도 그의 안전벨트는 풀리지 않았고 어떤 이도 그의 도움 요청에 반응하지 않는다. 그는 없는 사람 취급을 당하고 있었던 것, 게다가 잔여석 숫자판까지 그를 셈하지 않고 있는 것이다. 안전벨트에 묶인 그는 그곳에서 어느새 삭제되어 있었다.

강남역에 도착한 버스에 사람들이 광택으로 가기 위해 승차한다. 서엽이 전화로 도움을 요청한 아내는 버스 출발 시간을 놓쳐 타지 못한다. 버스가 광택을 향해 출발하고, 사람들은 여전히 칼이나 가위 있으면 달라는 서엽의 요청에 무심하다. 분노가 치밀어 오른 서엽은 "안전벨트가 내 몸을 조인다니까! 밧줄처럼 나를 감고 있다고!"라고 외치지만, 승객들은 소설의 서두에서 취객에 보인 반응처럼 좀 조용히 하라고, 우리의 안전을 생각해달라고 그를 나무란다. "절망에 사로잡힌" 서엽은 이때 무시무시한 환각을 보게 되면서 소설은 아래와 같이 끝난다.

승객들은 이상한 눈빛으로 힐끔힐끔 서엽을 쳐다보고는 다시 고개를 돌려 잠을 청하거나 스마트폰을 봤다.

절망에 사로잡힌 서엽은 순간 벨트 풀려는 의욕이 사라졌다. 그리고 등받이 위로 봉긋 솟아오른 머리통들만 눈에 들어왔다. 서엽이 그 모습을 멍하니 바라보는데, 머리통들이 문득 무덤처럼 보이기 시작했다. 그런데 그 순간 갑자기 믿을 수 없는 광경이 눈앞에 펼쳐졌다.

머리통들이 사람들 몸에서 분리되어 통로로 굴러 왔다. 통로 바닥에 남은 핏자국을 흔적 없이 지워가면서. 통로 바닥을 굴러 서엽 쪽으로 저절로 이끌려 왔다.

서엽은 자리에서 벌떡 일어나려 했다. 하지만 몸을 움찔할 때마다 안전벨트가 배와 허벅지를 더욱 세게 조여 왔다. 서엽의 이마에 흘러내린 땀방울이 눈으로 스며들었다.

그때 안내 방송이 나지막이 흘러나왔다.

- 고속도로에 진입합니다. 전 승객 모두 안전벨트를 매 주세요.

서엽은 흘러내리는 땀을 닦지도 않은 채 자리에 꼼짝 않고 앉아 있었다. 머리 없는 승객들이 저마다 안전벨트를 매는 소리가 들렸다.

철컥. 철컥.

"통로 바닥에 남은 핏자국"이란 임산부가 흘린 핏자국이다. 그것은 임산부의 고통의 흔적이다. 그 흔적을 타인에 대해 무감각해진 승객들의 떨어진 '머리통들'이 굴러다니며 지우고 있다. 승객들의 머리통이 떨어져 버스 바닥을 구르고, 머리 없는 승객들이 안전벨트를 매고 있는 이 끔찍한 환각은 무엇을 의미하는 것일까.

이 환각의 악몽은 라유경 작가 특유의 상징적인 알레고리를 보여준다. 위의 마지막 대목은 타자의 존재성을 망각하고 자신을 자기 내부의 '안전'에 유폐해버린 사람들의 상실된 주체성을 무덤처럼 보이는 머리통을 가진 사람들의 모습으로, 나아가 머리통마저 떨어져 머리 없는 사람들의 모습으로 상징화한다. 서엽 역시도 삶을 '안녕'과 '안전'에 두고 몰주체적으로 살아가는 이로서, 저 승객들과 다를 바 없는 사람이다. 하지만 임산부를 안쓰럽게 생각할 줄 알았던 그는, 자신이 안전벨트에 묶여 꼼짝할 수 없는 삶이 되어버렸다는 것을 깨닫게 된다는 점에서 저 무감각한 표정의 승객들과 차이가 있다. 그렇기에 그는 아직 머리통이 떨어지지는 않는다. 그는 자신의 현실을 악몽과 같은 환각을 통해 불안과 공포 속에서 자각하고는 있기 때문이다. 서엽의 머리통 역시 머지않아 그의 발밑으로 굴러 오는 머리통들처럼 떨어질지 모르지만, 한국 현실을 응축하고 있는 저 버스 안에서 '안전'에 묶여 타인의 존재성을 놓쳐버리고 그리하여 자신의 존재 역시 지워지고 있음을 깨닫고 있는 이는 서엽 혼자뿐이다. 그렇기에 섬뜩한 저 환각이 가져오는 불안과 공포는 어떤 진실을 충격적으로 알게 해준다는 의미가 있다.

이 책에 실린 또 다른 라유경의 소설 「우연히 첼시 호텔」의 주인공 화자는 어린 시절 아파트 경비 아저씨의 개를 잃어버린 기억을 '트라우마'로 갖고 있다. 이 트라우마는 소설의 마지막 부분에서 자신의 가장 친한 친구라고 생각했던 미오에 대한 상처와 연결되어 폭발한다. 그것은 상실감과 죄책감을 불러일으키는 트라우마다. 외동으로 외롭게 자란 '나'는 정부 정책으로 정관 수술을 한 부부에게 우선권을 주는 아파트로 부모님과 함께 이사 와서 경비 아저씨의 개를 산책시키며 외로움을 달랜다. 그러나 어느 날 산책로에서 개의 목줄을 놓쳐 개를 잃어버리고 만다. 경비 아저씨는 애타게 개를 찾으며 "나를 빤히 바라보"며 아는 게 있으면 말하라고 하지만 '나'는 울먹이기만 할 수밖에 없었다. 게다가 "경비 아저씨가 나를 계속 추궁했던 사실을 안 아빠가 서둘러 경비 업체 교체를 진행"하여 경비원들이 교체되고, "아저씨를 볼 때마다 죄책감에 온몸이 얼어붙었"던 '나'는 안도의 한숨을 내쉬게 된다. 그러나 실상은 자신 때문에 해고까지 당한 경비 아저씨에 대한 죄책감은 더욱 '나'의 마음속에 뿌리내렸을 것이다.

부모님도 모르는 이 비밀을 이 세상에서 미오만이 알고 있다. 초등학교 시절에 처음 만난 미오는 그렇게 깊은 상처를 터놓을 수 있는 "삼십 년 지기 소울메이트"였던 것이다. 그런데 그 미오가 일방적으로 '나'와의 관계를 끊고 뉴욕으로 간다. "늘 먼저 연락해 오던 쪽은 미오였기 때문에 그저 기다리기만 하면 우리 관계는 언제나 그랬듯 끈끈하다고 믿었"지만 "어느 순간 미오가 나에게 연락하지 않을 거라는 걸 깨달"은 '나'는 "배신감에 휩싸여 한동안 무엇에도 집중할 수 없었다." 사실 '나'는 미오에게 은근한 우월감을 가지고 있었던 것이다. '나'는 대기업을 다니면서 예술영화나 인디음악과 같은 세련되고 고급한 문화-화자가 참여한 비혼주의자 모임은 그러한 고급문화 취향을 공유할 수 있는 모임이었다-를 즐기는 엘리트-한나 아렌트를 좋아하는-였지만 전문대를 나오고 중소기업에 다니던 미오는 마블영화를 좋아하고 다이어트에 관심을 가지는 "평범하기 짝이 없는" 친구였다. 다만 '나'는 '나'의 이야기를 잘 들어주었던 미오로부터 안정감을 찾을 수 있었기에 관심사가 다른 미오와의 만남을 지속했다.

회사를 그만두고 공무원 시험까지 계속 실패한 미오는 남해로 내려가 편집숍을 오픈한다. 은근히 무시하던 '나'는 평범한 미오가 세련되고 유니크한 편집숍을 차린 것을 보고 묘한 기분-'진 기분' 또는 배신감-을 느낀다. '나'는 "은퇴하고 나면 파리의 '셰익스피어 앤드 컴퍼니' 같은 복합 예술 공간을 만들겠다고" 미오 앞에서 자랑삼아 말해왔는데, 그러한 공간을 미오가 먼저 만들었던 것이다.

내가 미오와 이렇게까지 오랫동안 우정을 유지할 수 있었던 건 서로 일하는 분야와 원하는 가치관이 달랐기 때문이라고 생각했다. 경쟁할 필요가 없었고 누가 먼저 잘 됐다고 배 아파할 일도 없었으니까. 그런데 아니었다. 그건 일방적인 내 착각이었다. 그동안 미오는 내 앞에서 자신의 욕망을 철저히 드러내지 않았을 뿐이었다.

대체 미오는 왜 그랬을까. 도대체 언제부터 그런 욕망이 생긴 걸까. 내 얘길 들으며 속으로 무슨 생각을 했을까.

SNS 계정으로 업로드하는 편집숍 소식은 부러움을 자아냈다. 미오에게 이런 감각이 있는 줄 전혀 몰랐다. 취급하고 판매하는 핸드메이드 상품 또한 유니크하고 아름다웠다. 미오는 여기에서 그치지 않고 지역에서 뜻을 함께하는 청년들과 네트워크를 만들어 모임을 이어 나갔다. 이 모든 일들이 그동안 내가 미오에게 쏟아냈던, 내가 원하던 삶의 형태와 일치했다. 그래서일까. 마치 미오가 내 것을 훔쳐 간 것처럼 느껴졌다.

남해에서의 미오의 활동에 대해 "내 것을 훔쳐 간 것" 같은 느낌을 받은 것은 '나'의 오만이다. 그것은 미오가 그러한 꿈과 능력을 가질 수 없는 사람이라고 무시해왔기 때문에 갖는 느낌인 것이다. 편집숍을 차린 후 일 년쯤 지나 SNS를 통해서야 미오가 뉴욕에 장기 여행을 간다는 사실을 알게 된 '나'는 "미오와 내가 서로에게 중요한 존재가 아니라는 사실"을 알게 되고 "낯선 감정의 소용돌이에 빠져"든다.

　이 낯선 감정의 정체는 무엇인가? 사실은 화자가 미오의 존재를 무시해왔기 때문에, 부재를 통해 화자에게 갑자기 각인된 미오의 존재성이 낯설게 느껴진 것이다. 미오는 비혼주의자 모임에서 "완벽하게 이해받"을 수 있다고 생각하고 있는 화자가 자신의 존재를 무시해왔다는 것을 느껴왔을 것이다. 미오가 화자에게 잘 알리지도 않고 뉴욕으로 떠난 것은 이러한 무시에 대한 그의 응답이라고도 할 수 있다. 미오를 잘 알지 못하면서, 또 알려고도 하지 않았으면서 잘 알고 있었다고 착각했던 '나'는 이러한 반란(?)에 충격을 받고, 미오가 자신에게 꼭 필요한 존재임을 깨닫는다. 비혼주의자 모임마저 해체되자 '나'에게 그러한 깨달음은 더욱 절실해졌을 것, 화자가 회사에 사표를 쓰고 미오가 어디에 있는지도 모른 채 미오를 만나려고 무작정 뉴욕에 간 것은 그 때문일 것이다.

뉴욕에 도착한 '나'는 커피를 마시러 들른 어느 스타벅스에서 우연히 대학 동창 민수와 만난다. 민수는 "늘 자신이 상대방의 위에 있"다는 태도를 보이던 친구였고 십년 만에 만났어도 그러한 태도는 변하지 않았다. 그래서 '나'는 "당장 강남 아파트 살 거"며 "벤츠 한 대 뽑아서 세계 일주 다"닐 거라는 자신의 포부를 뽐내듯이, 무시당하지 않으려는 듯이 그에게 말했던 것이리라. 한편으로 이는 한나 아렌트를 좋아한다는 '나'의 속물성과 허위의식을 단적으로 드러내는 말이기도 하다. 하지만 민수는 이미 뉴욕에서 벤츠를 타고 다녔던 것, 민수의 차에 올라타면서 그러한 자랑은 민망한 일이 아닐 수 없었다. 그의 차 안에서 흘러나온 음악이 바로 이 소설의 제목과 연관된 레너드 코헨의 'Chelsea Hotel #2'이었는데, '음유 시인' 코헨을 좋아한다며 반가워하는 화자의 모습 역시 그가 고급문화 소비자임을 말해준다.('Chelsea Hotel #2'는 코헨이 연인과 함께 이 호텔에 묵었던 추억을 되살리며 아파하는 내용의 노래다. 그 연인은 코헨이 노래를 만들 당시 죽고 없는 이였는데, 바로 27살에 죽은 가수 제니스 조플린이었다.)

첼시호텔은 숱한 예술가들이 묵었던 뉴욕의 명소로 그들의 흔적이 여전히 남아 있는 곳이다. 그 주변엔 첼시마켓이 있는데 공장을 리모델링한 곳으로 그곳도 공장의 흔적을 남겨 놓아서 도리어 사람들에게 매력을 끄는 장소다. 한마디로 첼시호텔이나 첼시마켓은 레트로(retro)한 매력을 상품화한 곳이다. 하지만 첼시마켓에 남아 있는 공장의 흔적들이 개를 잃어버렸던 어린 시절의 사건을 화자로 하여금 떠올리게 한다. 그 시절 "나와 하얀 개는 돌다리를 건너 공장 지대를 구경하는 일을 좋아했"던 것이다. 게다가 마켓을 찾은 사람들의 반려견과 마주하게 되면서 "갑자기 호흡이 빨라지고 심장이 쿵쾅거"리기 시작한다. 급한 일이 생긴 민수와 헤어진 '나'는 "최대한 개의 눈을 피하기 위해 실눈을 뜨고" "무심코 거리를 걷"는다. 그러다가 우연히 첼시호텔과 마주한다. "발이 이끄는 대로 간 것뿐인데" 이 명소에 도달했다는 사실에 '나'는 기쁨의 흥분이 가라앉지 않는다.

하지만 곧이어 '나'는 벽에 그려진 "커다란 개 얼굴 그림"과 마주친다. "형체만 알아볼 수 있는 개의 얼굴"이었다. 이렇게 우연히 마주친 개의 그림 앞에서 '나'는 도망치고 싶었지만 "개를 잃어버렸던 그때처럼" "온몸이 얼어붙"으면서 도망치지 못한다. 코헨의 'Chelsea Hotel #2'의 음악이 귓가에 생생하게 들리기 시작한다. 현기증이 일어나며 "아저씨의 개가 눈앞에 스쳐 지나"가고, 결국 아래와 같은 환각에 빠지면서 소설은 끝난다.

> 그때였다. 벽에 그려진 그라피티의 개가 갑자기 벽에서 튀어나왔다. 일그러져 있던 개 얼굴이 입체적으로 변하면서 점점 또렷하게 형체를 갖추었다. 온몸이 새하얀 진돗개의 얼굴로.

개가 컹컹 짖으면서 나를 향해 뛰어왔다. 그때 누군가 뒤에서 나를 향해 외쳤다.

- 너, 그 개 잊고 있었지?

미오의 목소리였다. 소름이 끼쳤다. 소스라치면서 뒤돌아보았다. 동양인의 여자였다. 그 여자는 경비 아저씨의 얼굴이었다가 다시 미오의 얼굴로 변했다. 나는 그 사람을 빤히 쳐다보았다.

왼쪽 눈썹 가운데 진하게 박혀 있는 검은 점. 정말 미오가 맞았다.

여기서 우연히 미오를 만나다니! 기쁨도 잠시, 벽에서 튀어나온 커다란 개가 내 바지 끝을 물었다.

나는 미오를 반가워할 틈도 없이 뛰었다. 숨이 턱까지 찰 때까지 멀리, 아주 멀리 도망쳤다.

그렇게 미오는 나에게서 또다시 멀어져 갔다.

일그러져 있던 개의 얼굴이 새하얀 진돗개의 얼굴로 변한다. 달리 말해 어린 시절 잃어버렸던 개가 고통으로 일그러져버린 얼굴이 되어 저 그라피티로 벽에 새겨져 있었던 것이다. 그 일그러진 얼굴은 화자가 깊이 묻어두었던 자신의 얼굴, 트라우마이기도 하다. 그 트라우마는 사라지지 않았던 것, 저 그라피티와의 마주침을 통해 소름 끼치도록 생생하게 되살아난다. 일그러진 개의 얼굴과 마주치면서 개를 애타게 찾는 경비 아저씨가 현현하고, 나아가 그 아저씨의 얼굴이 미오의 얼굴로 변하면서 트라우마의 귀환이 이루어진다. 마치 미오가 잃어버렸던 개였던 것처럼 '나'의 눈앞에 나타난 미오는 "너, 그 개 잊고 있었지?"라고 힐난하듯이 화자에게 말한다. 그 힐난은 자신의 트라우마를 묻어두기 위해 허상을 추구하면서 살아왔던 '나'의 삶 속 깊은 곳을 아프게 찌르는 진실에의 요구다. 그 묻혀 있던 진실이 커다란 개의 모습이 되어 애써 상처를 잊으며 살아왔던 '나'의 바지 끝을 물고 놓아주지 않는다. 이번에도 '나'는 그 진실을 뿌리치고 "숨이 턱까지 찰 때까지 멀리" 도망치고 말지만.

「우연히 첼시 호텔」 역시 「최저 라이프」와 마찬가지

로 주인공의 환각을 보여주면서 끝을 맺고 있다. 주인공으로 하여금 두려움을 불러일으키는 두 소설의 환각들은 허위와 몰주체성의 의식으로 물든 일상적인 삶을 파괴하면서 그 삶이 덮고 있었던 진실을 섬뜩하게 드러낸다. 이렇게 이 두 편의 소설을 통해 라유경 작가는, 일상으로부터 솟아나는 환각을 충격적으로 제시하면서 현재의 한국 자본주의 사회가 불안이나 고독의 정동을 바탕으로 생산하고 있는 허위의식-이 사회가 지속되도록 기능하는-을 파괴하고, 우리가 직시해야 할 뼈아픈 진실을 독자에게 각인시킨다.

| 작가의 말

나의 말은 언제나 최저에 머물러 있다고 생각했다. 벗어날 수 있는 우연의 찰나를 기다리며 텅 빈 주먹을 쥐곤 했다.

그런 내게 글은 전부였다.

풀밭이었다.
기척이었다.
아침으로 먹는 꽃다발*이었다.

---

* 『아침으로 꽃다발 먹기』(쉰네 순 뢰에스 지음, 손화수 옮김, 문학동네)에서 차용.

나는 오늘도 더듬거리며 풀밭을 향해 나아가는 중이다.

여기 실린 두 편의 이야기를 쓰고 묶는 동안 나는 새롭고 익숙한 도시를 오갔고, 직장의 책 짓는 동료들을 떠나 학교에서 글 쓰는 어린 동료들을 만났다.

기꺼이 곁이 되어 준, 풀밭에 따듯한 볕을 내어 준 그들과 나의 가족들에게 감사하다.

언제까지나 좋은 글을 쓰는 충실한 작가로 세상과 마주하고 싶다.

이 책을 읽는 모든 분들께 꽉 찬 고마움을 전한다.

경驚.기記.문文.학學 38

최저 라이프

라유경 소설집

초판 1쇄 발행 2020년 9월 15일

지은이	라유경
펴낸이	김태형
펴낸곳	청색종이
등록	2015년 4월 23일 제374-2015-000043호
주소	서울시 영등포구 문래동2가 14-15
전화	010-4327-3810
팩스	02-6280-5813
이메일	theotherk@gmail.com

ⓒ 라유경, 2020

ISBN 979-11-89176-38-9 03810

이 도서의 국립중앙도서관 출판예정도서목록(CIP)은 서지정보유통지원시스템 홈페이지(http://seoji.nl.go.kr)와 국가자료공동목록시스템(http://www.nl.go.kr/kolisnet)에서 이용하실 수 있습니다.(CIP제어번호: CIP2020036249)

이 도서는 경기도, 경기문화재단의 문예진흥기금으로 발간되었습니다. 저작권법에 따라 보호받는 저작물이므로 저작권자와 출판사의 허락 없이 복제하거나 다른 용도로 사용할 수 없습니다.

값 6,800원